포춘 쿠키 속 무지개

포춘 쿠키 속 무지개

초판 1쇄 인쇄_ 2016년 6월 25일 ┃ **초판 1쇄 발행_** 2016년 6월 30일
지은이_ 대추마을 新通한 아이들 ┃ **엮은이_** 유영택
펴낸이_ 오광수 외 1인 ┃ **펴낸곳_** 꿈과희망
디자인 · 편집_ 김창숙, 박희진 ┃ **마케팅_** 김진용
주소_ 서울시 용산구 백범로 90길 74, 대우이안 오피스텔 103동 1005호
전화_ 02)2681-2832 ┃ **팩스_** 02)943-0935 ┃ **출판등록_** 제2016-000036호
e-mail_ jinsungok@empal.com
ISBN_978-89-94648-91-0 43810

학 생 들 의 가 슴 으 로 써 내 려 간 인 문 학 이 야 기

포춘 쿠키 속 무지개

대추마을 新通한 아이들 지음 ㅣ 유영택 엮음

꿈과희망

新通한 인문독서 동아리의 이야기를 시작하며

처음에 인문학 동아리를 만든다고 했을 때, 다들 "인문학이 뭐예요?" 하는 물음을 많이 던졌다. 그러면서도 인문학 열풍이 불고 있다는 점은 익히 들어 알고 있는지 들어와 볼까 하는 심정으로 신청하는 학생 또한 많았다. 의외로 많은 아이들이 지원하여 선발제로 바꿀 수밖에 없자 아이들은 긴장하기 시작했다. 시험을 보는 것이냐, 면접으로 뽑는 것이냐 등등 아이들은 꽤 여러 질문을 갖고 교무실을 드나들었다. 우리는 시험도 아니고 면접도 아닌 참가 신청서를 받기로 했다. 아이들에게 미션을 주고 글이든 말이든, 그림으로든 어떠한 방식으로든 자신이 인문학에 대해 고민한 것이나 고민하고 있는 것을 보여주게 하였다.

주제는 '인문학이 나의 진로에 도움이 되는 것은 무엇일까?'였다. 인문학이 무엇인지 몰라 배우려고 신청한 것인데, 오히려 자신들에게 그 답을 달라고 요청하는 것이 아니냐는 원망의 목소리도 들렸다. 결국 몇몇 아이들은 참가 신청을 아예 포기하기도 했지만 대부분의 아이들은 대단한 무엇인가를 탐색하듯이 정성스럽게, 그리고 꽤나 고민하고 또 고민하는 흔적을 보여주었다. 아이들은 저마다 다른 진로에 따라 인문학이 어떠한 도움을 줄 것인가에 대해 나름대로 정리하였다. CEO가 되고 싶다는 친구, 미술관 큐레이터, 소설가, 국어선생님, 생활과학자, 공무원, 도서관 사서, 화학공학자, 입자물리학자 등등 진로는 서로 다르지만 인문학이라는 큰 주제 안에 자신이 생각하는 인문학 이야기를 담아내었다. 주어진 시간은 일주일뿐이었음에도 아이들은 최선을 다해 스토리를 만들어냈다. 드디어 자신의 이야기를 표현하는 날, 아이들은 시청각실에 모여 각자 준비한 것을 펼쳐내었다. 모인 학생은 72명. 이 중에서 일부가 떨어져 나갈 수밖에 없다는 사실이 안타까웠다. 하지만 활동에 참가할 학생은 20명으로 정해졌고, 인원이 많으면 엉뚱한 방향으로 흘러갈 것이며 안 하는 것보다 못할 상황이 벌어질 것이므로 어쩔 수 없이 기존대로 20명을 선발하기로 하였다. 그렇지 않아도 2학년 어느 여학생이 시청각실에 모인 72명의 친구들은 의지를 갖고 있기 때문에 함께 활동하면 안 되느냐고 요청을 하였지만 미안하다는 말 외에 할 말이 없었다. 우리는 약속대로 20명을 선발하고 차후에 더 선발하여 활동을 하자고 하였다.

제비뽑기로 발표 순서를 정했다. 야간자율학습 시간 전체를 활용하려면 시간을 쪼개어 발표를 해야 했다. 자신의 발표가 끝났다고 먼저 나가는 친구는 아무도 없었다. 왜냐하면 자신이 선발 대상에서 제외될지도 모른다는 생각 때문인 것 같았다.

누구는 PPT 자료를 그럴듯하게 만들어 자신의 진로를 설명하고 거기에 인문학이 얼마나 도움이 될 것인지 설명하기도 했고, 누구는 '진로 송'을 만들어 자신의 꿈과 끼를 발산할 수 있는 것이 예술과 책읽기라는 점을 주제로 노래를 불렀다. 어떤 친구들은 세 명이 나와 짧은 연극을 보여주기도 했고, 몇몇 친구들은 연설을 하듯 자신의 진로와 인문학에 대해 풀어내기도 하였다. 미술을 하겠다는 친구는 자신의 포트폴리오를 가져와 그런 그림을 그리게 된 데에는 어떠한 고민이 있었으며, 어떠한 책을 읽고 어떠한 예술 작품을 감상하며 영감을 얻었는지, 그리고 그것을 바탕으로 어떻게 작품을 창작했는지 이야기를 들려주었다. 참 감동적이었다. 경영학을 공부하고 싶다는 친구는 토론의 주제가 될 만한 내용을 들고 와서 어떠한 현상이나 주제에 대해 이야기를 하거나 생각을 할 때에는 동전의 양면처럼 이쪽과 저쪽 모두를 보아야 한다는 점을 지적해 주었다. 그러면서 그런 생각을 만들어내는 기반이 독서이고, 독서를 하면서 생각하는 힘을 길러야 하며, 그것이 인문학의 기초가 된다는 점을 발표하였다. 우리는 그 친구에게 큰 박수를 쳐주었다.

발표로만 보면 누구나 열정적이어서 누구를 뽑아야 하는지 고민이 되었지만 발표 태도와 내용, 그 안에 담긴 고민을 풀어나가는 방식에 포인트를 두어 선발하였다. 대부분 아이들도 공감할 수 있는 친구들이 되었지만 몇몇 아이들은 열정을 가진 학생을 선발하였다. 왜냐하면 좋은 아이디어를 보여주지는 못했지만 열정과 패기가 넘쳤으며, 인문학 아카데미 동아리 활동에 매우 적합한 인물이라고 평가하였기 때문이었다. 떨어졌다고 투덜대는 친구들도 있었고, 자기는 안 될 줄 알았다는 친구도 있었지만 대부분이 떨어진 것을 아쉬워했다. 인문학 아카데미 동아리, 어디서 많이 들어본 듯한 낱말로 조합되기는 하였으나 동아리 이름으로는 정말 낯선 명칭이기는 하였다.

이러저러한 활동으로 한 해를 마치고 되돌아보니 우리는 그동안 참 많은 일을 저지르고 다녔지만 정작 얻은 것은 많지 않다는 아쉬움이 컸다. 특히 하고 싶은 것은 많은데 그것을 다 실현할 만큼 시간이 길지 않은 점이 그러했다. 아이들은 인문학 활동을 참 즐거워했고, 자신감과 에너지가 넘쳐흐를 만큼 신나게 활동했다. 그러면서 틈틈이 모여 글을 써서 서로 평가해 주고, 일반 사람들이 읽을 때에는 어떨 것 같은지에 대해 이야기를 나누는 시간이 참 소중한 시간이었다고 말했다. 선배와 후배가 모여 글을 평가하고 평가받고, 더 나은 글을 써서 우리의 진로와 연결하는 재미가 지금까지의 어느 학교생활에 비할 수 없을 만큼 기억에 많이 남는다고도 했다.

　이 책을 내기까지 아이들이 참 많은 고생을 했다. 그런데도 더 좋은 글을 쓰지 못한 점이 가장 아쉽다고 하였다. 다들 그 말에 공감하는지 아이들은 몹시 부끄러워하였다. 인문독서 동아리 활동에 참여한 모든 선생님과 아이들 모두 고생이 많았기에 고등학교를 졸업하기 전까지, 그리고 졸업하고 나서도 대학생이 되어서든 사회인이 되어서든 인문학을 고민하고 늘 생각하며 살았으면 좋겠다. 그리고 좋은 책을 내는 데 도움을 주신 교육청의 장학사님과 출판사에도 감사의 인사를 드린다.

대추마을 뜨락에서 책을 만들며
지도교사 유영택

Fortune
Cookie
in Rainbow

차례

세계의 도서관을 탐하다

강희연

나는 어릴 적부터 어머니 손을 잡고 동네 도서관을 자주 갔다. 책을 좋아하게 된 것도 그때부터였다. 중학교 때, 도립도서관에서 봉사를 하면서 책을 읽는 것이 아니라 자료 정리에 관심을 가지게 되었다. 그때부터 나는 '도서관에서 일하는 사람이 되자.'라는 생각을 가졌다. 그후 자료들에 더욱 관심을 갖게 되면서 기록물관리사라는 꿈을 꾸게 되었다. 그래도 도서관에 대한 관심이 끊임없이 이어져 지금은 도서부에서 활동을 하고 있다. 요즘 도서관 기행, 마케팅 등의 책을 읽던 중, 우리나라와는 다른 여러 세계 도서관에 대해 알게 되었다. 친구들에게 우리나라 도서관뿐만 아니라 세계의 유명 도서관을 소개해 주고 싶다. 세계 유명 도서관을 직접 가 보지는 않았지만 그곳에 대한 안내를 시작해 보고자 한다. 친근하게 느끼기를 기대하며……

앞으로의 발전이 더욱 기대되는곳
국립중앙도서관

이번 글에서 소개할 도서관은 우리나라를 대표하는 도서관 중 하나인 '국립중앙도서관'이다. 국립중앙도서관은 본관과 국립디지털도서관, 국립어린이청소년도서관, 국립장애인도서관 등 크게 5개로 분리된다. 최근 국립세종도서관을 개관하였는데 다른 도서관들은 한곳에 모여 있는 반면 국립어린이청소년도서관은 서울특별시 강남구에 위치하고, 국립세종도서관은 세종특별자치시에 위치해 있다.

국립중앙도서관은 1945년에 광복된 후 지어졌기 때문에 그때부터의 자료들이 소장되어 있다. 도서관이 설립된 초기에는 고서 및 고문헌을 모으는 데 집중하였고, 현재는 해외에 있는 우리나라의 여러 자료들을 모으는 데 힘쓰고 있다. 1988년 남산에서 서초구로 이동하여 건물을 새로 지어 현재의 국립중앙도서관의 모습을 갖추게 되었다.

지금의 본관은 지상 7층에서 지하 1층으로 이루어져 있고, 자료보존관은 2000년 8월에 지상 2층에서 지하 4층으로 이루어진 건물로 새롭게 지어졌다. 이곳에는 약 360만 책을 보관할 수 있다고 한다. 본관의 자료실은 개가제자료실과 폐가제자료실로 이루어져 있는데 개가제자료실은 직접 검색과

열람이 가능한 곳이다. 이러한 곳들로는 정보봉사실, 인문과학실, 사회과학실, 자연과학실 등이 있다. 폐가제자료실은 자료검색 후 자료를 당일 신청하여 이용을 하는 곳이다. 이러한 곳들로는 연속간행물실, 고정운영실, 서고자료신청대, 신문자료실 등이 있다. 그리고 두 가지의 방법이 혼용되는 곳이 정부간행물실, 학위논문실이다. 이러한 큰 본관에서 자료들을 보관하면서 여러 자료들을 우리들이 볼 수 있다는 것이 좋은 것 같다. 우리나라를 대표하는 만큼의 정보력을 가진 도서관이기에 점점 발전해 나가는 것 같다고 생각한다.

디지털도서관은 지상 3층에서 지하 1층으로 이루어져 있다. 본관의 지하 1층을 통해서 이곳으로 쉽게 이동을 할 수도 있다. 이곳은 16세 이상부터 이용 가능하고 관장이 이용이 필요하다고 생각하는 사람은 예외로 이용 가능하다. 지하 1층은 디지털 북 카페가 있어 많은 사람들이 휴식을 취할 수 있고 본관으로 향하는 통로의 역할을 한다. 지하 2층은 디지털도서관의 핵심서비스를 이용할 수 있는 곳이다. 방으로 되어 있는 곳은 미리 예약을 해서 사용하는 곳이 많다. 지하 3층은 디지털도서관의 로비 공간이다. 디지털도서관의 입구를 통해 들어오면 가장 먼저 볼 수 있는 곳이다.

디지털도서관은 2009년 개관하였고 디지털자료보유기관들과 서로 협력하여 '디지털 정보공유협력망'을 설치하였다. 이렇게 디지털도서관은 해외와의 교류를 통해 디지털도서관의 발전을 이루어 내고 있다. 또한 이곳은 디지털과 아날로그가 합쳐진 서비스를 제공하기 위해 노력하며 아날로그와 함께 발전되고 있다.

여기서 나는 앞으로의 발전을 생각해 볼 수 있었다. 왜냐하면 디지털로 발전만 해가는 것은 제대로 된 발전이 아니라는 생각을 가지고 있기 때문이다. 디지털은 아날로그의 정보로부터 시작되는 것이기 때문에 이 두 가지가 모두 발전을 해야 제대로 된 미래를 바라보는 발전이 될 수 있다고 생각한다.

그래서 지금의 디지털도서관의 발전은 앞으로의 발전을 기대하게 한다.

국립어린이청소년도서관은 2006년에 개관을 하였다. 이곳은 어린이, 청소년도서관 발전을 위한 연구를 지원하고 어린이 담당사서의 전문성을 강화하기 위해 노력하고 있다. 그리고 도서관 문화 프로그램 개발 및 지원을 하며 국내 도서관 간에 협력 네트워크를 구축하였다. 이렇게 하면서 국내외 어린이, 청소년 분야의 연구자료를 확충하고 있다.

국립어린이청소년도서관은 어린이와 청소년이 이용을 하는 데 있어서 가장 적합한 곳이 되기 위해 계속 노력하고 해외와도 교류를 하고 있어서 나는 이러한 도서관들이 많아지면 좋겠다고 생각한다. 학생들이 이용하기에 적합하고 우리 같은 학생들에게 도움이 되는 많은 도서들을 접할 수 있는 기회를 더욱 늘릴 수 있을 것이라고 생각하기 때문이다.

국립장애인도서관은 2007년에 개관을 하였다. 이곳은 우리나라의 장애인분들이 지식정보를 접근하고 이용하는 데 있어서 도움을 주고 불편함을 줄이기 위해 노력을 하고 있다. 그리고 정보를 얻는 데 있어서 균등한 기회를 주어야 한다는 생각으로 서비스들을 구축해 나아가고 있다. 장애인을 위한 도서관서비스 정책을 수립, 시행하고 장애인을 위한 도서관 특수설비에 대해 연구를 하고 개발을 한다.

나는 국립장애인도서관이 앞으로 많은 발전을 하였으면 좋겠다. 왜냐하면 장애인이라는 점 때문에 정보를 얻는 데 불편하고 그들을 위한 것이 없는 것은 옳지 않다고 생각하기 때문이다. 나는 모든 사람들은 기록을 하고 그 기록을 보고 정보를 얻고 축적해 나가는 데 있어서 차이는 없다고 생각하고, 그 차이가 없어야 한다고 생각한다. 그래서 이곳이 더욱 많은 정보를 가지고 장애인분들이 이용하기에 편하고 빠른 곳으로 되어 가면 좋겠다.

발전된 기술로 나날이 앞서가는
중국 국가 도서관

　엄청난 인구수를 자랑하고, 빠른 속도로 발전해 나가고 있는 중국. 이러한 중국의 중심 도서관으로 불리는 '중국 국가 도서관'은 북경 시내인 해정구에 위치하고 있다. 중국 국가 도서관은 2400만 권에 가까운 풍부한 장서를 소장하고 있다. 특히 그중 희귀본 고서가 27만 권에 달한다. 이렇게 많은 장서를 가지고 있지만 엄청난 양을 자랑하는 중국의 보물 상당수는 영국, 프랑스, 러시아 등에 흩어져 있고 무엇이 어디에 있는지 파악조차 안 되는 것도 많다.

　중국 국가 도서관은 원본은 서고에 보관하고, 각 고서의 일부분은 디지털화하여 모니터를 통해 볼 수 있게 했다. 도서관은 이용자들이 언제 어디서나 자료를 이용할 수 있도록 하는 유비쿼터스 도서관을 지향하고 있다. 이러한 움직임이 우리나라에도 활발하게 일어나고 있다. 그러나 디지털화한 자료들은 많은 사람들이 어떤 식으로 사용해야 되는지에 대한 방법을 모르고 익숙하지 않아서 이용자의 수가 적다. 그런데 디지털화된 자료들은 더 확실하고 질 좋은 정보라고 생각하기 때문에 이를 우리나라에서 많은 사람들이 이용한다면 좋을 것 같다고 생각한다.

2008년 완공된 신관은 현대식의 세련된 외관과 지능형 내부시설을 지니고 있다. 일반적인 열람은 주로 신관에서 많이 이루어진다. 넓게 뻗어 있는 중앙에 있는 넓은 열람실이 매우 눈에 띈다. 신관 내부의 중앙에 있는 넓은 열람실을 사람들이 많이 사용한다. 이유는 천장이 투명 유리로 자연 채광을 할 수 있도록 되어 있어 밝고 활기찬 분위기를 연출하기 때문이다. 그리고 시민들에게 이렇게 인기가 많은 것은 시민들이 이용할 수 있는 좋은 서비스가 잘 이루어져 있기 때문이다.

이러한 서비스의 한 예는 자료검색을 할 때 컴퓨터 검색 시스템에 원하는 자료를 입력하면 그 자료가 있는 열람실의 서가 위치까지 알려주는 자동 안내 시스템이다. 내가 도서관에 가서 자료를 찾으려고 제목을 입력하면 그 자료의 일련번호만 나와 있어서 그 번호를 찾으려고 그 구역을 찾아서 번호 근처까지 직접 하나씩 살펴봤었는데, 일련번호를 모르는 사람들은 자료를 검색한 후 자료의 번호만을 보고 자료의 위치를 찾기 힘들어서 사서에게 가서 도움을 청하거나 헤매는 어른들과 아이들을 많이 보았다. 그래서 중국 국가 도서관처럼 서가의 위치까지 알려주는 자동 안내 시스템이 있다면 많은 도움이 될 수 있을 것 같아서 우리나라에도 저러한 기기가 많이 설치되었으면 좋겠다고 생각한다. 우리나라도 시설의 서비스는 매우 좋지만 관심도가 낮다고 생각하기 때문에 이러한 무관심한 관심도를 올리기 위해 노력해야 할 것 같다.

신관에서 나와 본관으로 이동하다보면 바로 옆에 아파트가 있다. 그 아파트는 도서관 직원 아파트이다. 여러 세계에 많은 도서관이 있지만 이렇게 도서관 직원의 아파트가 있는 곳은 이곳뿐일 것이다. 이 도서관은 직원이 1400명에 이르고 하루 이용자가 1만 2천 명 이상인데, 1년 365일 휴일 없이 운영한다. 많은 사람들이 이용하는 만큼 1년에 단 하루도 쉬지 않아서 도서관 옆에 도서관 직원들의 편의를 위한 아파트를 설립했을지도 모른다는 생각이 들었다.

　중국은 입법부 도서관이 따로 없어서 중국 국가 도서관이 행정부뿐 아니라 입법기관에 참고 서비스를 해서 의회도서관의 역할까지 하고 있는 것이다. 현재 국가기관의 각 부서나 위원회에 도서관 분관을 세워나가고 있다. 세계 117개 나라의 557개 기구와 자료를 교환하고, 전국 558개 기관과 자료 상호대차 센터 역할을 한다.

　한국 자료는 본관에 있는데 한국 정기간행물 30종은 구입하고 1백여 종은 국회도서관, 국립중앙도서관과의 상호 교환을 통해 수집했다. 활발한 정보수집과 보관으로 점차 더 성장해가는 중국 국가 도서관을 보며 우리나라도 활발한 소통, 수집을 통해 발전해가는 도서관을 만들었으면 한다.

박물관처럼 볼거리가 많은
러시아 민족 도서관

　러시아 도서관을 인터넷에 검색하면 가장 먼저 모스크바에 위치한 '러시아 국가 도서관'에 대한 내용이 나온다. 그러나 러시아에 있는 세계 5대 도서관 중 한 곳은 상트페테르부르크에 위치한 러시아 민족 도서관이다. 러시아 민족 도서관은 국립 도서관으로, 모스크바에 위치한 러시아 국가 도서관과 함께 러시아를 대표하는 도서관이자 세계적인 도서관이다. 1795년 예카테리나 2세 여제의 칙령으로 설립된 러시아 최초의 국립 도서관이자 황실 소속의 공공도서관일 뿐만 아니라 동유럽 최초의 공공 도서관이라는 의미도 있다.

　이 도서관은 상트페테르부르크 시민들이 자랑하는 문화 아이콘의 하나이다. 하지만 우리나라의 도서관은 동네에 작게 하나씩, 또는 도시에 크게 있다. 우리나라의 이러한 도서관들을 그곳의 아이콘이라고 하기에는 비슷한 유형을 가진 도서관들이 많다고 생각한다. 이처럼 그 도시의 특색을 살리는 특별한 도서관은 찾아보기 힘든 것이 현실이다. 우리나라는 도서관끼리의 유형이 비슷하기 때문에 시민들이 이용할 때 색다르다고 느낄 만한 활동이나 자료들을 놓는 것이 필요하다고 느낀다. 그렇게 하면 시민들이 도서관을 이용하면서 우리 도시만의 도서관이라는 생각을 지니고 도서관에 대한 자부심이 생겨 도서관을 더욱 아낄 것이라고 생각하기 때문이다.

러시아 민족 도서관은 1814년 대중에게 공개되면서 러시아 계몽의 심장부이자, 문화 및 과학의 진정한 중심지로서의 역할을 했다. 푸슈킨, 톨스토이, 고르키, 레닌 등 각 시대 국내외의 저명한 과학자, 시인, 소설가, 예술가들이 이 도서관을 애용했다. 이 도서관은 1810년부터 러시아에서 출판된 모든 서적을 받는 납본 도서관의 권리를 획득했으며, 그동안 수많은 기증을 통해 개인 장서와 인쇄물, 필사본을 수집하고 보관해왔다. 3천 5백여만 장서를 보관하고 있고, 연간 방문 이용자는 150만여 명이며, 백여 개 나라 출신의 전문가들이 근무하는 도서관으로 세계 5대 박물관 중 한 곳으로 손꼽힐 만한 곳이다.

러시아 민족 도서관에서 세계에 자랑하는 볼테르 장서는 1778년 볼테르가 죽자 그에게 엄청난 관심을 가지고 있던 예카테리나 2세 여제가 통째로 사들인 것이다. 자신의 집무실 옆에 도서관을 꾸며 볼테르 장서를 소장하다가 이후 러시아 민족 도서관으로 옮겨 보관했다. 이 장서를 위해 2003년 상트페테르부르크 탄생 3백주년을 기념하여 프랑스와 러시아가 공동으로 '볼테르의 방'을 만들었다. 이 '볼테르의 방'은 볼테르의 장서들이 책장에 빼곡하게 보관되어 있다. 그리고 중앙에 볼테르의 동상이 있어서 마치 박물관에 들어온 것 같은 기분이 들게 한다. 도서관이면서도 도서관이 가지고 있는 고서들이나 희귀도서들을 이렇게 전시를 해둔다는 것이 박물관의 개념을 가지고 있는 것 같아서 색다르게 느껴졌다.

우리나라의 도서관도 여러 문헌들을 소장하고 있지만 주로 도서관에서는 소설과 같은 책을 대출, 반납이 가능하도록 할 뿐 볼테르의 방같이 관람을 할 수 있도록 하는 곳은 드물다. 우리나라의 도서관이 볼테르의 방과 같이 책을 빌릴 수 있는 곳이라는 인식과 함께 여러 가지를 관람할 수 있는 곳이라는 인식으로 바뀌는 것도 좋을 것이라고 생각한다.

볼테르 장서를 사들인 예카테리나 2세 여제하면 예술품 수집광으로 알려져 있는데 볼테르와 서한을 주고받고 그의 장서들을 몽땅 사들이라는 지시를 신속하게 한 것을 보면 눈에 보이는 예술품만이 아니라 보이지 않는 지성 세계의 가치에도 눈을 뜬 사람이었다는 것을 알 수 있다. 오늘날 상트페테르부르크에 있는 에르미타주박물관이 루브르 박물관, 대영박물관과 함께 세계 3대 박물관이 된 것은 레오나르도 다 빈치, 미켈란젤로, 루벤스, 모네, 고흐, 고갱, 피카소 등 거장들의 작품에 힘입은 바 있고, 이들 작품들의 상당수는 그녀가 사들인 것이다. 이것을 보고 예카테리나 2세 여제는 예술품을 수집하는 것 뿐이었지만 그래도 누군가 역사물품에 관심을 가지면 그것이 나중에는 세상을 바꾸는 힘이 될 수도 있다는 것을 보여준다는 생각이 들었다.

러시아 민족 도서관은 1500년 이전에 발행된 서적들을 '파우스트홀'이라 불리는 특수한 방에 보관하고 있는데 그중 희귀본이 무려 6천여 책이나 보관되어 있다. 여기에는 나폴레옹 1세와 리슐리외 추기경, 마자랭 추기경을 비롯한 걸출한 인물들의 개인 소장품들이 보관되어 있다. 본관 건물에서 10km 떨어진 신관은 2003년 완공되어 본관과는 대조적으로 현대적이고 세련된 모습을 갖추고 있다. 신관은 1950년 이후의 서적을 보관하면서 시민들이 주로 이용하는 곳이다.

이 도서관처럼 규모가 큰 도서관을 우리나라도 갖추고 있기는 하지만 개인적인 바람으로는 요즘 너무나 디지털 시대로 바뀌어 가기 때문에 정보의 저장소, 역사의 저장소인 도서관이 그것에 맞춰 변화하고 있다. 하지만 이곳처럼 관리를 잘해 줄 수 있는 공간이 마련되어야 한다고 생각한다. 만약 그러한 공간이 마련된다면 아날로그적인 공간이 남아있기 때문에 아날로그적인 문서도 함께 보존되어야 한다는 나의 바람이 있다.

도서관의 시초
알렉산드리아 도서관

세계 최초의 도서관이 어디서 시작되었는지 알고 있는가? 바로 이집트에서 시작되었다. 이집트에서 시작된 세계 최초의 도서관은 '알렉산드리아 도서관'이다.

고대 최대의 항구였던 알렉산드리아는 국제무역과 문화의 중심지였다. 알렉산드로스의 후계자인 프톨레마이오스 1세가 기원전 3세기 초에 지중해변에 설립한 도서관이 바로 알렉산드리아 도서관이다. 이 도서관의 탄생은 철학자 아리스토텔레스와도 관계가 있다. 아리스토텔레스는 당대의 예술과 과학에 대한 것을 모아둔 개인 도서관을 가지고 있었는데 그의 사후 방대한 장서에 영향을 받은 제자 데메트리오스는 프톨레마이오스 1세에게 도서관 건립을 제안했다. 이에 왕이 데메트리오스에게 도서관 창립을 명함으로써 도서관이 탄생한 것이다.

알렉산드리아 도서관의 외관은 피라미드와 동일한 재질로 짓기 위해 수백 킬로미터 떨어진 아스완에서 가져온 화강암으로 성벽을 원형으로 쌓고, 성벽에 세계 120여 종의 다양한 문자를 새겨 넣었다. 고대 상형문자, 설형문자, 갑골문자, 음악 기보법, 컴퓨터와 유전자 코드, 바코드까지 모든 문자가 새겨져 있고 거기에 한글도 여섯 글자가 당당히 자리 잡고 있다. 이처럼 독특하고 개성적이며 매력적인 건물의 성벽이 더욱 알렉산드리아 도서관을 아름답게 보이게 하고 있다. 이러한 건물 외관을 보니 우리나라의 도서관도 건물 외관을 더욱 아름답게 꾸미고 의미 있는 문양들을 새겨 놓으면 보는 이들로부터 도서관이 한층 더 역사를 간직할 수 있는 곳이 될 것 같다고 생각한다. 그리고 다 똑같이 생긴 재미없는 도서관 건물이 아닌 들어가 보고 싶은, 둘러보고 싶은 도서관이 될 것이라고 생각한다.

고대 알렉산드리아 도서관은 도서 수집에 수단 방법을 가리지 않았던 것으로 유명하다. 항구에 정박하는 선박뿐 아니라 심지어 지중해를 항해하는 선박의 서적을 압수하여 도서관으로 보냈다고 한다. 이때 원본에는 원주인의 이름을 적어놓고, 대신 원주인에게는 사본을 만들어 주었다고 전해진다. 그리고 바다 건너 그리스 등에 귀중본이 있다는 정보를 입수하면 거액의 예치금을 맡기고 빌린 후 예치금을 포기하고 귀중본을 차지하는 등. 도서 수집에 열을 올려, 70만 장서를 보유하였는데, 지금의 인쇄본으로 환산하면 10만 권 정도라고 한다.

우리나라도 역사를 기록하고 간직하는 데 있어서 많은 심혈을 기울였다. 그러한 모습을 담고 있는 우리나라의 소중한 자료로는 조선왕조실록, 훈민정음, 직지심체요절, 승정원일기, 동의보감, 5.18민주화 운동 기록물 등이 있다.

고대 이집트의 방법은 약탈이기에 잘못되었지만 그만큼 자료에 대한 욕심이 있었다는 것을 알 수 있다. 그에 따른 또 다른 예는 과거 클레오파트라와 결혼하려던 안토니우스가 페르가몬도서관의 20만 장서를 통째로 배에 싣고 와 바쳤다. 화재로 도서관장서가 손실되어 상심하던 그녀를 위로하기 위한 선물이었던 것이다.

이러한 상황을 보면 왕국이 알렉산드리아 도서관을 얼마나 애지중지 했는지 잘 말해 준다. 프랑스의 철학자 파스칼은 "클레오파트라의 코가 조금만 낮았다면 세계의 역사가 달라졌을 것"이라고 말했다. 이는 "클레오파트라의 코가 조금만 낮았다면 알렉산드리아 도서관의 운명이 달라졌을 것"이라는 것이다. 이를 보면 클레오파트라는 도서관과 그곳에 있는 자료들에 대한 관심과 애정이 뛰어났다는 것이다.

 나는 이러한 글들을 보니 우리나라의 시민들은 도서관과 그에 위치한 자료들에 대한 관심과 애정, 욕심 등이 과거에 비해 거의 존재하지 않고 무관심하다는 생각이 들었다. 그래서 나는 현대 우리나라의 시민들에게는 역사와 자료에 대한 욕심이 조금은 더 많은 관심과 함께 필요하다고 생각한다. 그래야 우리의 자료를 소중히 여기고, 과거에 안타깝게 빼앗긴 자료들처럼 빼앗기지 않고 지킬 수 있는 힘이 생길 것이다.

시민을 위한 곳
뉴욕 공공 도서관

세계 5대 도서관 중 가장 유명하고 관광객들이 가장 많이 찾는 도서관은 '뉴욕 공공 도서관'이다.

사람들이 이곳을 많이 찾는 이유는 시민들의 일상에서 멀지 않은 도서관이고 영화 〈섹스 앤 더 시티〉와 〈투모로우〉의 촬영지였기에 사람들에게 친근감이 느껴지기 때문이다.

뉴욕 공공 도서관은 미국 국회도서관 다음으로 큰 규모를 자랑하는 도서관인 만큼 도서관 내에는 3천 800만여 권이 넘는 도서와 소장품들이 무려 120km에 달하는 책꽂이에 진열되어 있다. 셰익스피어의 첫 작품집과 제퍼슨의 독립 선언문 자필 원고 등 희귀본도 많이 소장하고 있으며, 희소가치가 있는 모음집은 정기적으로 공개하고 있다. 또한 도서검색 시스템은 세계 제일의 속도를 자랑하는데, 원하는 책을 15분 안에 찾을 수 있다는 장점이 있다. 심지어 전 세계에서도 접속 가능하다.

뉴욕 공공 도서관의 장미열람실 입구 벽면에는 『실낙원』의 저자 존 밀턴의 명구를 고어체 그대로 적어 걸어놓았다.

"좋은 책은 영혼의 보혈이니, 영원히 잊히지 않도록 소중하게 여길지어다."

이 글을 보고 들어가서 책을 읽는다면 평소에 책을 읽던 마음가짐과는 조금 다른 마음가짐으로, 한 글자씩 소중하게 읽어 내려갈 것 같다는 생각이 들었다. 이곳은 많은 양의 정보를 가진 만큼 그 정보를 사람들이 쉽게 접근할 수 있게 하여 정보라는 것이 부담스러운 것이 아니라 친근하다는 생각이 들도록 좋은 서비스를 갖추고 있다는 생각이 들었다. 그리고 정보를 그저 접근 가능하도록 하는 것에서 멈추는 것이 아니라 그 정보를 다룰 때 소중히 여기고 제대로 사용하는 행동을 할 수 있게 하는 마음가짐을 형성하는 것이 좋은 것 같다. 그렇기에 세계 5대 도서관으로 불릴 수 있다는 생각이 든다.

2001년 9.11 테러 당시, 뉴욕 시민들이 충격과 공포에 휩싸였을 때, 도서관은 인터넷 홈페이지를 바로 테러 대응 체제로 바꿔서 무너진 건물의 입주자 명단, 실종자 확인 방법, 대처 요령에 대한 것을 게시했다. 9.11 테러가 끝난 뒤, 시민들이 겪을 집단적 우울증, 공포감을 극복하는 데 도움이 되는 정보를 제공했다. 또한 관련 강좌를 개설했으며, 가족과 친지를 잃은 사람들을 모집하여 모임을 만드는 등 시민을 위해 많은 봉사를 하여 더욱 인기가 높아졌다.

뉴욕 공공 도서관이 뉴욕 시가 제공하는 공공 서비스 가운데 10년 넘게 1위를 하는 이유가 바로 이러한 행동들에 있다고 생각한다. 아직 우리나라 도서관의 공공 서비스는 미국에 비하면 시민들을 위한 대처행동이 적극적이지 못하다는 생각이 든다. 그렇기 때문에 시민들이 도서관을 가까운 곳이라고 생각하기보다는 어색한 공간 또는 공부하는 공간이라는 생각만을 가지고 있는 것 같다. 나는 도서관에 대한 이러한 인식들이 바뀌었으면 한다. 도서관이 어렵고 무거운 곳이 아니라 친근하게 다가갈 수 있어서 언제든지

가벼운 마음으로 들렀다가 갈 수 있고, 공부하는 공간이 아닌 쉴 수 있는 공간으로 만들고 싶다는 생각을 한다. 그리고 뉴욕 공공 도서관처럼 정말 시민들에게 도움이 되는 공간이 된다면 도서관은 더욱 삶을 풍요롭게 만드는 곳이 되고, 이러한 도서관을 이용하는 사람들이 수가 늘어날 것이다. 이용자가 늘어나면 도서관의 활용이 늘어나기 때문에 시민들이 도서관에 가지고 있던 여러 불편하고 어색한 마음들이 사라지고 편히 이용할 수 있는 공간이 될 것이다.

게다가 뉴욕 공공 도서관은 예술, 과학, 비즈니스 등 주제별로 연구도서관이 4개, 지역별 분관이 83개에 이르고, 이곳의 하루 이용자는 10만 명이 넘는 등 뉴욕 시민들에게 인기가 많은 도서관이다. 언젠가 우리의 미래 도서관도 이처럼 활기 넘치는 도서관이 될 수 있으리라고 믿는다. 그러기 위해서는 도서관에 대한 시민들의 관심도 늘어나야 하지만 그보다 우선 시민들이 도서관에 관심을 가질 수 있도록 도서관에서 더욱 많은 시민들을 위한 노력과 관심이 필요하다고 생각한다. .

하나 된 모습을 보여주다
베를린 주립 도서관

큰 사건을 겪고 하나로 돌아 온 독일, 우리나라 미래의 도서관 모습일지 모를 '베를린 주립 도서관' 에 대해 알아보자.

우선 독일은 주마다 국립 도서관을 두고 있다. 그중 베를린에 있는 베를린 국립 도서관은 프리드리히 빌헬름 국왕이 만든 도서관을 토대로 하는 역사적 성격을 지닌 도서관이다. 그리고 여러 종류의 자료를 수집하는 도서관이다.

전쟁으로 인해 건물이 파괴되고 그 속에 있던 자료들이 사라진 베를린 국립도서관은 동베를린의 운터덴린덴관과 서베를린의 포츠담관으로 나뉘어 발전했다. 그후 통일과 함께 동베를린과 서베를린이 하나가 되고, 동베를린의 구관과 서베를린의 신관을 합하는 작업이 이루어졌다. 그렇게 도서관 통합이 시작되어 현재 동베를린의 구관은 1945년 이전 자료 중심의 역사 연구 도서관으로 된 반면, 서베를린의 신관은 1946년 이후 자료 중심의 현대 연구 도서관으로 역할을 나누어 분담하고 있다.

베를린 국립 도서관은 현재 수백만 권의 도서를 보관하는 서고와 소장 자료를 디지털로 전환하는 시설을 갖춘 건물을 지으며 도서관의 발전된 미래를 준비하고 있다.

　이전까지는 '베를린 국립 도서관'이라는 이름이었지만, 독일 국립 도서관과 구별하기 위해 최근에는 '베를린 주립 도서관'이라는 이름으로 불리고 있다. 베를린 주립 도서관은 독일이 동베를린과 서베를린으로 분단되었다가 통일이 되는 사건을 겪고 합해진 도서관이라서 더욱 풍부한 정보를 가진 도서관이 완성되었다고 생각된다. 그리고 두 개의 도서관이 한쪽은 과거의 자료, 다른 한쪽은 현대의 자료를 가진 도서관으로서 역할을 하며 함께 한다는 것에서 의미가 있는 좋은 도서관이라고 생각한다. 이러한 베를린 주립 도서관의 상황을 보면서 우리나라가 통일을 하게 될 경우 우리와는 다른 정보를 가지고 보존하고 있던 북한과의 통일된 도서관이 생겨나게 될 것이라 생각된다. 또한 풍부하면서도 그 어느 곳에서도 볼 수 없는 '우리나라만의 단 하나의 도서관이 생겨나지 않을까?'라고 생각되고, '한 도서관에서 두 곳의 자료가 합해진 색다른 자료를 접할 수 있겠다.'라고 생각된다.

　또한 이 도서관은 전체적으로 선박의 모양을 한 것이 특징이다. 이는 '지식 정보의 기나긴 항해'를 상징하는 것이라고 한다. 내부 선박의 창을 생각나게 하는 크고 작은 동그란 창문이 많이 있어서 더욱 선박 안에 있는 것 같은 느낌이 든다고 한다.

　게다가 이 도서관은 아시아권의 자료를 잘 수집하고 있다. 얼마 전 베를린 주립 도서관과 우리나라의 국회 도서관과 정보 자료 교환협정을 체결하였다. 그래서 뛰어난 수준의 우리나라의 국회 도서관 정보를 독일 사람들과 여러 나라의 유학생들, 한국에 대해 공부하는 독일인들에게 제공하는 일이 가능해졌다.

　이렇게 다른 나라의 도서관과 우리나라의 국회 도서관이 정보 자료 교환을 하면 우리나라를 다른 나라에 알리고 우리나라의 정보를 주는 것이 많이 수월해질 것이라고 느낀다. 그래서 나는 우리나라의 도서관들과 다른 나라의 도서관들이 이러한 협정을 많이 맺어 서로의 문화와 정보, 그리고 역사를 알게 되는데 있어서 어려움을 덜고, 서로의 관계를 좁혀 나가면 좋을 것 같다고 생각한다.

　도서관이 서로의 정보를 가지고 있다는 것은 그만큼 서로를 신뢰한다는 뜻이고 더욱 많은 교류가 가능할 것이라고 생각한다. 도서관이라는 곳은 시민들이 언제나 갈 수 있는 곳이어서 시민들도 쉽게 우리의 정보를 얻게 되어 우리나라를 제대로 된 정보를 가지고 올바른 시선으로 바라볼 수 있을 것이다. 그리고 이전에 알던 자료들로 보던 것보다 더 정확하기에 궁금한 점도 해결할 수 있는 기회가 늘어날 것이다.

　이렇게 베를린 주립 도서관은 우리의 통일된 미래 도서관이 어떠한 모습을 가지게 될 것인지와 우리나라가 독일의 자료 교류가 가지고 올 긍정적인 미래를 기대하게 하는 도서관이다.

가까우면서도 먼 곳
일본의 국립국회도서관

우리나라와 가까운 것 같으면서도 먼 일본의 '국립국회도서관'에 대하여 알아보자.

일본 국립국회도서관은 도쿄에 본관과 국제 어린이도서관, 교토에 간사이관으로 구성되어 있다. 도쿄의 본관과 교토의 간사이관에는 '진리가 우리를 자유롭게 한다.'라는 문구가 벽면에 써져 있다. 이는 도서관에는 진리가 있고 정확한 정보가 도서관의 힘이라는 뜻을 담고 있다. 2008년 개관 60주년을 맞아 '지식은 우리를 풍요롭게 한다.'라는 문구도 내세웠다.

일본 국립국회도서관은 국회의 입법 활동을 할 때 많은 도움을 주는 것을 목적으로 하는 의회 도서관이다. 그리고 법정에 납본하는 도서관으로 일본에 유일한 국립 도서관의 기능을 하고 있어서 행정, 사법 부분에 대한 것과 일본 국민들에게 여러 질 좋은 서비스들을 제공하고 있다.

일본 국립국회도서관은 1948년 일본의 국회법에 따라 만들어졌다. 그리고 1989년부터 아시아보존센터로서 아시아의 각 나라에 자료의 보존기술과 보존기술에 관련된 교육을 실시하고 있다. 아시아보존센터는 국제도서관협회연맹(IFLA)이 세계의 6개 대륙에서 한곳을 지정하여 운영을 하는 곳이다. 2009년 자료에 따르면 일본 국립국회도서관이 소장하고 있는 자료는 본관과 국제 어린이도서관, 그리고 간사이관의 모든 자료는 도서가 약 949만 권, 잡지가 약 930만 권, 신문이 약 430만 권 등이 있다.

본관과 간사이관은 만 18세 이상부터 이용가능하고, 만 18세 미만인 사람들이 소장 자료를 이용하고자 하면 직원에게 따로 문의를 해야 한다. 여기서 우리나라와는 조금 다르다는 것을 알게 되었다. 그래서 어린아이들은 이곳들을 이용하기보다는 국제 어린이도서관을 사용할 것 같다는 생각이 들었다.

본관 옆에는 신관이 있는데 신관은 서고가 지하 8층으로 되어 있다. 이렇게 지하에 서고를 마련한 이유는 지하가 외부기후의 영향을 덜 받기 때문이다. 그리고 또 다른 이유는 지하로 되어 있지 않고 지상건물이 되면 국회의사당보다 높은 건물이 되기 때문이다. 서고는 장서를 움직이는 서가인 '모빌랙'을 사용해서 보관한다. 그래서 공간을 많이 차지하지 않게 되어 사용가능한 공간을 많이 확보할 수 있게 된다. 그리고 그 공간을 효율적으로 사용하고 있다.

교토의 간사이관은 문화학술연구도시 안에 위치한다. 이 건물은 국가 전자도서관과 아시아정보센터의 역할을 맡고 있다. 그리고 일본 고서적의 보존을 위한 공간과 장애인도서관 서비스 자료가 급격히 늘어남에 따라 서고가 부족해져서 그것을 해결하기 위해 건립한 곳이다. 또한 일본은 지진이 많이 일어나기 때문에 만일을 대비해서 자료를 분산해서 보존하기 위해 건립하였다. 간사이관은 2002년에 만든 현대식 건물로써 지하 4층, 지상 4층으로 되어 있다. 그중 지하 1층에는 아시아 정보실이 위치해 있다. 346석 규모의 열람스페이스에 위치하고, 그중 82석이 아시아 정보실이다. 아시아 정보실에는 동아시아, 동남아시아, 남아시아, 중동/북아프리카, 중앙아시아로 나뉘어 있고, 그중 동아시아에 속하는 한국의 자료는 약 3만 7천 권이 있고 연속 간행물이 2천 8백 권을 차지한다.

　국립국회도서관이 본관, 국제 어린이도서관, 간사이관으로 나뉘어 존재한다는 것이 신기했다. 그리고 이곳이 아시아보존센터라는 점이 대단하다는 생각이 들었다. 그런데 알아보니 우리나라도 국제 도서관협회연맹에서 한국센터로 지정한 서울 국립중앙도서관이 있었다. 그래서 이 두 곳이 자료를 정리해 놓는데 있어서 나라에서 최고의 위치에 있다는 생각을 했다.

철저한 관리와 편안함을 갖춘
대영도서관

영국의 대영도서관은 들어가는 입구에 컴퍼스로 무언가를 하고 있는 뉴턴의 동상이 있다. 이것은 대영도서관이 학문에 대한 관심이 많다는 것을 알 수 있다. 수많은 정보를 담고 있는 이 도서관에서 많은 연구자들이 나왔다. 이러한 연구자들이 나올 수 있던 이유는 대영도서관이 엄청나게 많은 자료를 소장하고 있기 때문이다. 대영도서관이 소장하고 있는 여러 자료들은 총 1억 5천만 개다. 각종 서적은 물론 국회 의사록, 신문, 잡지, 악보, 지도, 그림 등을 포함하고 있다. 그래서 이렇게 많은 자료를 보관하기 위해 대영도서관은 새롭게 지어졌었다. 원래 1753년 영국 대영박물관 안에서 만들어졌는데 너무나 많은 자료들이 생겨나면서 대영박물관 안에서 해결하기에는 벅찼다. 그래서 1997년 별도의 건물을 지어서 다시 개관하였는데 그것이 바로 지금의 대영도서관이다.

대영도서관의 크기는 앞으로 많은 자료들을 보관할 것이기에 크게 지어서 위로는 5층, 아래에는 높이가 24.5미터 가량 되는 수장고를 만들었다고 한다. 이렇게 지어진 건물은 20세기에 지은 영국의 건축물 중 가장 큰 규모의 건축물로 세계에서 가장 큰 수집관이다.

대영도서관 안에 들어가면 책에 큰 족쇄가 채워져 있는 조형물을 볼 수 있다. 그것은 이 도서관에 들어온 소중하고 귀중한 도서는 절대 나갈 수 없다는 대영도서관의 의지를 엿볼 수 있다.

이러한 모습을 보면서 이곳은 곳곳의 디자인을 신경 썼다는 생각도 들고, 새롭게 지은 건물에 더욱 많은 자료들을 보관할 의지를 가지고 지었다는 것에서 자료들을 보관할 준비가 되어 있는 좋은 곳이라는 생각을 했다.

또한 대영도서관은 보유한 방대한 자료들의 보존을 위해 관리가 철저한 곳이다. 열람을 위해서는 열람카드는 필수이고, 들어갈 때 가방의 크기 또한 제한되며, 소지품은 투명한 가방에 따로 담아서 들어가야 한다. 게다가 도서관을 들어갈 때에 겉옷을 입는 것이 제한되며, 음식물의 출입도 당연히 제한된다. 도서관 내부에서 포스트잇의 사용양도 제한되어 있고, 필기구는 연필만 사용가능하며, 볼펜과 같은 것들의 사용은 제한되어 있다. 이렇게 관리가 철저한 곳은 대영도서관이 최고일 것이라고 생각한다.

대영도서관이 자료열람에 있어서 깐깐한 면이 없지 않아 있지만 그렇다고 해서 깐깐한 면만 있는 것은 아니다. 평소 많은 사람들이 이용하고, 도서관 내부에 노트북을 사용하는 공간과 식당 등이 있다. 그리고 여러 가지 행사들도 하고 있다고 한다. 그래서 이용자들이 많은 것을 체험하고 느낄 수 있도록 한다. 또한 도서관 1층부터 3층까지의 벽면에 조지 3세가 수집한 책들이 전시되어 있는데, 이것은 필요하다고 요청하면 사용이 가능하다고 한다.

이렇게 선이 명확하게 그어져 있는 그저 딱딱하기만한 도서관이 아니라 긴장감도 있으면서 편안함도 있는 도서관이라는 생각이 든다.

그리고 대영도서관에는 '비즈니스&지적재산권 센터' 공간이 있다. 비즈니스와 지적재산권과 관련된 자료로는 영국에서 최고의 자료들을 보유하고 있다. 특허 자료 같은 경우는 40개국과 관련된 5천만 건이 있다. 게다가 이곳은 일반 기업에서 도서관의 전 자원을 활용할 수 있도록 도와주고 있다. 또 기업들이 다른 기업들을 만나 소통을 할 수 있는 장소를 제공하여 소통을 돕고, 워크숍과 클리닉을 마련해놓기도 했다.

이렇게 도서관 내부에 좋은 공간이 있어서 이곳이 더 많은 활용을 통해 발전해 나갈 수 있는 것 같다. 활용을 하며 더 많은 이용자를 생산하면서 그 속에서 발전된 미래를 기대할 수 있을 것 같다.

영국의 대영도서관을 보며 디자인이 아름답고 그 속에 담긴 자료들을 위한 여러 방안들이 탄탄하다는 것을 알게 되었다. 그래서 이곳은 자료와 이용자를 모두 생각하는 공간이면서 항상 이 모든 것을 생각해두고 행동한다는 것을 알 수 있었다.

앞으로는 하나만 만족시키는 것을 생각하는 것이 아니라 모든 것을 만족시키는 방안을 생각해 보는 것으로 시선을 바꿔야겠다고 생각했다. 노력하면 그 모든 일이 가능하다는 생각을 대영도서관의 모습을 통해 깨달았기 때문이다.

세상에는 이보다 더 많은 도서관들이 존재한다.
그곳들은 작지만 힘을 가진 곳들이다.
이러한 곳들을 우리가 더 자세히 둘러보는 것은 어떨까?

우리의 삶, 과학의 세계

박예은

숨 쉬고 있는 공기, 앉아 있는 책상, 요리할 때 등등…… 과학은 우리의 삶과 가장 밀접한 공간에 있었다. 인류의 조상이 불을 발견한 그 순간부터 우리는 쉬지 않고 과학을 발전시켜 왔고, 우주 진출의 쾌거를 이루면서 과학은 우리 삶에 필수가 되었다. 과학은 지금까지 발전해 온 것처럼 앞으로 더 빠른 속도로 발전할 텐데……. 과연 이러한 상황을 박수치며 바라만 보고 있는 것이 옳은 것일까? 프리츠 하버는 질소비료를 만들어 사람들로부터 극찬을 받은 반면에 화학 무기를 만들어 두 얼굴의 과학자라는 불명예도 얻게 되었다. 또한 GMO 사용으로 많은 분야에 도움이 되었지만 그에 따른 문제도 생겼다. 이 글을 통해 과학 발전에 따른 문제를 깊게 생각해 보았으면 한다.

GMO식품 먹어도 될까?

원시시대부터 고구려시대, 조선시대, 현재까지 식량 문제는 항상 존재해왔다. 많은 사람들은 굶주림에 허덕였고, 지금 이 순간에도 하루에 한 끼조차 먹지 못해 영양실조로 죽어가는 사람들이 늘어나고 있다. 이러한 문제에 도전장을 내민 해결책이 바로 GMO이다. GMO는 'Genetically Modified Organism'의 약자로 유전자 변형 농산물로서 일반적으로 생산량 증대 또는 유통, 가공상의 편의를 위하여 유전공학기술을 이용, 기존의 육종방법으로는 나타날 수 없는 형질이나 유전자를 지니도록 개발된 농산물을 말한다.

우리나라는 1996년부터 GMO를 사용했다고 한다. 그렇다면 현재 우리는 얼마나 많은 GMO에 노출되어 있을까? 우리가 보통 GMO를 생각하면 토감, 무추 등 두 가지 종류의 농산물을 하나의 농산물로 만든 것을 생각하는데, 그것뿐만 아니라 제초제저항성, 해충저항성을 갖도록 유전자 변형을 한 옥수수, 콩, 토마토 등도 있다.

옥수수를 좀 더 자세히 살펴보면 우리나라는 식량자급률이 낮은데 옥수수의 자급률은 1%미만이다. 그렇다면 나머지 옥수수는 수입에 의존하고 있다는 것이고, 우리나라가 수입을 하는 대상국이 GMO 품종을 사용하기에 나머지 수입에 의존하는 옥수수 중 50%는 GMO이다.

현재 우리는 그 어떠한 경각심 없이 GMO를 먹고 있으며 어쩌면 당신이 어제 먹은 한 끼 중 절반 이상이 GMO일 수도 있다. GMO는 명백히 식량생산량을 증대시켜주었고 생산과정에 있어 편의성을 높여주었지만, 계속해서 GMO를 섭취하고 사용하게 된다면 분명히 돌이킬 수 없는 일이 벌어지고 말 것이다.

이에 대한 근거로 GMO가 개발된 지 역사가 오래되지 않았기 때문에 장기간 섭취하고 사용할 경우 인체위해성과 환경의 위해성이 크다. GMO는 이미 10년, 20년 이상을 사용하고도 아무런 문제가 없었다고 하는데, 미래의 GMO 안전성은 100% 보장되지 않는다. GMO는 인류 역사상 처음으로 사용되었기에 이에 대한 뚜렷한 정보가 없다. 말 그대로 GMO가 안전할지 아닐지는 아무도 알 수가 없다. 또한 섭취한 GMO 유전자들이 장내에서 소화되지 못하고 남아 있는 유전자가 장내 박테리아에 전이되어 변이를 일으킬 수 있는 위험성이 있다.

뿐만 아니라 환경의 위해성도 있다. GMO가 재배되면서 다른 식물들로 유전자가 옮겨가 생태계 교란 등의 문제를 일으킬 수도 있고, 가장 큰 문제로 슈퍼 잡초와 슈퍼 버그의 출몰을 들 수 있다. 슈퍼 잡초란 제초제에 잘 견디는 GMO품종을 심었을 때 원래의 의도와 다르게 주변 잡초가 제초제에 내성을 가지는 것이다. 이것을 바로 슈퍼 잡초라고 한다. 당연히 슈퍼 잡초를 없애기 위해서는 더 많은 양과 독한 제초제를 뿌려야 할 것이며, 이는 결국 환경에 위해를 가하게 될 것이다. 또한 GMO를 사용하게 되면 식량문제가 해결된다고 하는데 GMO는 식량 문제에 어느 정도 도움은 될 수 있겠지만 근본적인 해결은 되지 않는다.

식량부족은 식량의 분배 문제이지 생산의 문제가 아니다. 다시 말하면 지구에는 먹을 것이 넘쳐 일 년 동안 몇 만 톤의 음식물 쓰레기가 나오는 반면 다른 곳에는 하루 한 끼 먹을 것도 없어 굶어 죽어간다는 것이다. GMO를 만들어 식량을 늘리지 않더라도 현재 지구상의 식량을 제대로 분배하기만 해도 식량부족 문제는 해결될 것이다.

바다에서 조난을 당하면 사람들은 목마름에 바닷물을 마신다고 한다. 하지만 그 바닷물을 마시게 되면 오히려 더 큰 갈증을 일으켜 결국 탈수증세로 죽음에 이른다.

마찬가지로 GMO가 당장에 많은 분야에서 도움을 주고 있다고 하지만 경각심 없이 GMO를 계속해서 사용하게 된다면 조난당한 사람이 바닷물을 마시는 것과 같은 결과로 결국 후에 돌이킬 수 없는 문제를 일으킬 것이다. 이러한 무시할 수 없는 문제점이 있는, 마치 시한폭탄과 같은 GMO를 계속해서 사용하는 것은 옳은 일일까?

논란의 중심,
두 얼굴의 과학자 프리츠 하버

프리츠 하버는 공기로 빵을 만든 과학자라고 널리 알려져 있다. '공기로 빵을 만들었다' 라는 말은 '거위가 황금 알을 낳았다' 라는 말처럼 터무니없이 들릴 수 있지만 화학식을 본다면 프리츠 하버의 천재성에 감탄하게 될 것이다. $N_2 + 3H_2 = 2NH_3$ 라는 식으로 비료를 만들기 위해 수많은 과학자들이 시도를 했지만, 질소 분자는 매우 안정하기 때문에 반응을 잘 하지 않았다. 이 문제를 해결하기 위해서 당시 수많은 화학자들이 도전했고, 그중 프리츠 하버가 공기 중의 질소를 사용하여 암모니아를 합성할 수 있게 된다. 프리츠 하버는 산화철과 약간의 세륨, 크로늄을 이용하여 530℃의 온도와 290기압의 조건에서는 암모니아를 합성할 수 있다는 것을 밝혀냈고, 이 암모니아 합성을 통해 화학비료를 만들어 인류를 식량난에서 구조함과 동시에 '공기로 빵을 만들었다' 라는 명예를 받을 수 있었다. 하버 시대의 식량 문제는 오늘날의 지구 온난화 문제와 비슷한 최대 과제였다고 한다. 공기 중의 이산화탄소를 탄수화물로 전환하는 연구가 성공을 거둔다면 지금의 온난화 문제가 많은 부분에서 해결되듯 암모니아 합성도 당시의 큰 문제를 해결했다는 것을 쉽게 이해할 수 있을 것이다.

인류의 식량 해결사, 하버의 어린 시절을 보면 학업 면에서 매우 열심히 노력하고 성적이 좋았다. 하버의 아버지는 장남인 하버가 자신의 사업을 이어나가기를 원했지만 하버의 화학자가 되고 싶은 바람과 외삼촌, 새어머니의 도움으로 하버는 화학자로서의 첫 걸음을 걸을 수 있었다고 한다. 하버는 대학생 시절 분젠 교수에게서 연구자의 자세인 실험의 정확성과 정밀성, 끈기와 열정을 배웠고, 과학자가 되기 위한 기초훈련을 했다. 당시의 독일 대학생들은 의무로 1년간 군 복무를 해야 했고, 하버도 예외는 아니었다. 대학을 다니는 중간에 포병연대에서 근무를 했는데 하버의 군 시절은 잿빛뿐만 아니라 핑크빛도 있었다. 그녀의 첫 번째 부인인 임메르바르를 만난 시기이기 때문이다. 임메르바르는 당시 여성의 사회적 차별이 매우 심했음에도 불구하고 박사학위를 받은 최초의 여성으로, 그녀와 하버는 서로의 도전정신과 정신력에 반한 것이 아닐까라는 생각을 한다. 이러한 하버의 젊은 시절이 인류의 식량해결사, 노벨상을 받은 지금의 하버를 존재하게 한 것이다.

지금까지로 하버의 이야기가 끝났다면 해피엔딩이었겠지만 하버의 비극적 결말은 지금부터 시작된다. 인공적으로 암모니아를 만든 것은 비료를 생산해서 식량이 증가하는 좋은 영향을 끼치지만, 이 암모니아를 약간만 변형을 하게 되면, 화학무기를 생산을 할 수 있다. 또한 그는 암모니아 합성과는 별개로, 독가스를 연구하여 지클론 A라는 독가스를 만들었고 전쟁에서 독가스를 사용할 것을 주장했다. 그의 주장을 받아들인 독일은 독가스를 전쟁에 사용하게 된다. 하버는 제1차 세계 대전에서 화학전을 조직하고 화학무기로부터 아군의 방어는 물론 개인을 보호하기 위한 도구를 개발하는데 적극적으로 참여했다. 화학 무기를 사용해서 군인들을 대량으로 무력화시키면 오히려 인명 살상을 최소화하면서 단기간에 전쟁을 종식시킬 수 있을 것이라는 생각이 독일에 대한 애국심과 합쳐져 돌이킬 수 없는 전쟁에 참혹함을 초래하게 된다. 독일이 제1차 세계 대전에 사용한 폭약 원료를 제조할 때 하버가 발명한 기술이 사용되었다는 점과 하버가 전쟁에서 화학 무기를 사용하는 데 적극적으로 나섰다는 사실이 하버의 노벨상 수상을 저지하기도 했다.

오늘날 하버만큼 자신의 업적과 행위가 극명하게 대비되어 논란의 대상이 되는 과학자도 드물다고 한다. 그의 업적은 인류에게 매우 큰 도움이 되지만 화학전을 주도한 행위가 반인류적인 것이기 때문이다. 나 또한 프리츠 하버에 대해서는 부정적인 생각이 많다. 그의 암모니아 합성으로 식량난이 해결되어 많은 사람들이 살 수 있었다는 점은 감사하지만 화학비료로 많은 사람을 살린 것에 반해 그의 화학무기로 세계대전이 장기화되어, 많은 사람들이 전쟁에 희생되었기 때문이다. 당시 시대상황이 세계대전이 일어나고 있었다는 것은 하버의 화학무기 제조에 적극 가담했다는 사실을 변호할 수 없다. 하버는 화학무기에 대한 연구를 하면서 화학무기의 영향력에 대해 누구보다 잘 알고 있었음에도 불구하고 화학무기를 이용하면 전쟁을 빠르게 끝내고 독일을 승리로 이끌 수 있다는 생각과 이후에 화학무기가 인류에 재앙을 일으킬 수 있다는 사실을 배제하고 신중하게 생각하지 않았다는 점으로 보아 인류를 위해서 연구를 했다기보다는 자신의 과학적 연구의 만족감을 위해 연구한 것으로 보인다.

하버의 화학무기는 수많은 사람들을 죽음으로 내몰았고 심지어 그의 친척까지 독가스에 의해 죽음을 맞게 되었을 뿐만 아니라 하버 자신마저 노벨상을 수상하는 데 어려움을 겪고 인류를 식량난에서 구했다는 공로를 인정받지 못하고 쓸쓸히 죽음을 맞게 된다. 그의 업적에 맞게 명예를 누리지 못하고 '반인류적인 독가스를 사용한 악마'라고 불리게 된 것은 그의 선택이었다.

생명의 골든타임을 지키자!!

"나는 평소와 다름없이 역전에서 친구를 기다리고 있었다. 매일 약속 장소에 늦는 친구에 대해 불평을 늘어놓으며 기다리고 있는데 앞에서 걸어오는 사람의 안색이 안 좋아보였다. 갑자기 그 사람이 쓰러졌고 주변으로 많은 사람이 모여들었다. 나 또한 깜짝 놀라 안절부절 못하고 있는데 한 남자가 쓰러진 사람에게 다가가더니 상태를 확인하고 나를 지목하며 119에 신고하라고 한 후 심폐소생술을 시작했다. 나는 그 남자의 부탁대로 119에 전화를 했고 곧 119 구급대원들이 와서 쓰러진 사람을 실어갔다. 구급대원은 그 남자의 심폐소생술 덕분에 골든타임을 지킬 수 있었고 안전하게 병원까지 옮길 수 있었다고 한다. TV나 인터넷에서만 보던 일이 내 눈앞에 펼쳐질 줄 몰랐는데 응급조치로 사람을 살린 그 남자가 존경스러웠다. 나도 꼭 심폐소생술을 배워 응급상황이 생긴다면 도움을 주고 싶다."

아마 이 글을 읽는 대부분의 사람들은 위의 글 '나'처럼 심폐소생술을 사용할 만큼의 응급상황은 TV나 인터넷에만 볼 수 있고 나에게는 일어나지 않을 일이라고 생각할 것이다. 하지만 사람의 일이란 것이 정말 한 치 앞도 내다볼 수 없는 것이기에 평소에 간단한 지식을 숙지하고 있다면 내 눈앞에 쓰러진 사람을 구하는 멋진 영웅이 될 수 있지 않을까?

위의 글을 보면 사람이 쓰러졌을 때의 중요 대처 방안이 있다. 첫 번째는 누군가를 정확히 지목하여 119전화를 부탁하는 것인데 만약 윗글의 남자가 '여기 아무나 119에 전화 좀 걸어주세요.' 라고 말했다면 그 장소에 있던 사람들은 보통 '내가 걸지 않더라도 누군가 전화를 하겠지.' 라는 생각을 가지고 아무도 신고전화를 하지 않을 가능성이 높다고 한다. 따라서 특정한 누군가에게 신고전화를 부탁하는 행동이 필요하다. 예를 들어서 '거기 앞에 황금색 티셔츠에 레게머리 하신 분 119에 좀 신고해 주세요.' 라고, 부탁할 사람의 특징을 정확히 말해 부탁하는 것이 좋다.

두 번째는 위의 남자가 순서에 맞는 완벽한 심폐소생술을 했다는 것이다. 만약 당신이 쓰러진 환자를 발견했다면 가장 먼저 환자의 상태를 확인해야 한다. 심장이 뛰고 있는지 환자의 의식이 있는지 확인한 후 119에 바로 신고한다. 앞서 말한 것처럼 한 사람을 정확히 지목하여 신고할 수 있어야 한다. 이제 가장 중요한 심폐소생술을 시행한다. 심폐소생술은 호흡확인, 기도개방, 인공호흡, 가슴압박의 순서로 이루어진다. 첫 번째로 환자의 몸을 압박하고 있는 허리띠나 단추를 푼 후, 환자가 똑바로 누울 수 있도록 한다. 두 번째로 팔을 쭉 편 상태에서 두 손을 깍지 끼고, 환자의 몸과 팔이 수직이 되도록 위치를 잡은 후 환자의 두 유두 사이인 가슴 중앙을 5cm 깊이로, 1초당 2회의 속도로 가슴을 압박해 준다. 세 번째로 환자의 이마 위에 손을 얹고 머리를 뒤로 젖히고, 다른 손의 손가락을 환자의 턱 위에 올려 위로 끌어올려 기도를 개방한다. 그 다음 환자의 코를 막고 입을 덮어 2번 숨을 불어 넣는다. 이때 시선은 환자의 가슴을 보며 가슴이 부풀어 오르는 것을 확인해야 정확한 인공호흡이 가능하다. 정리하면 약 30회 정도 흉부 압박 후 2회 인공호흡을 한 세트로 5회 실시하는 것이다. 환자의 상태를 살핀 후에 반응이 없다면 다시 가슴 압박부터 반복하고 119가 현장에 도착할 때까지 쉬지 않고 인공호흡을 해야 한다.

　세 번째는 바로 골든타임을 지켰다는 것이다. 심장은 사람의 몸 곳곳에 혈액을 공급하는 펌프인데 이 심장 박동이 멈추면 온 몸에 혈액 공급이 멈추게 된다. 그중에서도 뇌와 심장 자체에 혈액 공급이 중단되는 것이 가장 치명적인 요소이다. 일반적으로 심장이 멈춘 후 4분 안에 심폐소생술이 이루어지면 원상으로 회복할 수 있다. 하지만 4분이 넘어가면 뇌 세포의 손상이 시작되어 심장 박동이 다시 일어나도 많은 후유증이 남게 된다. 또한 10분이 넘어가면 완전 회복이 불가능하고 대부분의 경우 사망에 이른다. 만약 위의 상황에서 사람이 쓰러진 직후 남자가 나타나 바로 심폐소생술을 하지 않았다면 구급대원이 오기 전에 그 사람은 뇌 세포에 심각한 손상을 입어 사망했을지도 모른다.

　우리나라의 평균 구급대 출동 시간은 약 9분이라고 한다. 이는 골든타임을 훌쩍 넘기에 쓰러진 환자 주변 사람의 도움이 절실함을 보여주는 지표이기도 하다. 심폐소생술이라는 간단한 지식과 용기만 있다면 환자를 다시 따뜻한 가족의 품으로 갈 수 있게 할 수 있다. 우리 모두 골든타임을 지키는 멋진 영웅이 되면 좋겠다.

건강을 위한 올바른 수면법

　하루에 6시간씩 자고, 100년을 산다고 가정했을 때 사람은 인생을 살면서 25년 이상 잠을 잔다. 만약 하루에 6시간 이상 잠을 잔다면 인생의 더 많은 부분을 잠을 자며 보내는 것이다. 깨어서 활동하기도 아까운 시간에 우리는 왜 이리 많은 시간을 잠에 할애할까? 당연히 하루 동안 활동하며 받았던 다양한 스트레스를 풀고 체력을 회복하기 위한 시간이기 때문이다. 성인의 하루 권장 수면시간은 7~8시간이다. 하지만 많은 현대인들은 일, 공부 등 각기 다른 사정 때문에 적정 수면시간 이하로 잠을 잘 수밖에 없다. 다시 말해 일, 공부 등으로 받은 스트레스를 풀고 체력을 회복할 적정한 시간을 확보하지 못하고 있고, 이러한 날들이 반복되면 스트레스가 쌓여 몸에 이상 증세를 일으키는 원인이 된다.

　또한 수면은 시간만 채운다고 해결되지는 않을 것이다. 질 높은 수면을 하기 위해서는 올바른 수면법이 필요하다. 올바른 수면법은 첫째로 앞서 말한 것처럼 적정 수면시간을 지키는 것이다. 연령대별로 사람의 적정수면시간은 다르다. 미국 국립수면재단(NSF National Sleep Foundation)에서 신생아는 14시간에서 17시간 정도, 10대는 8시간에서 10시간, 20대 이상은 7

시간에서 8시간 정도를 권장수면시간으로 지정하고 있다. 이처럼 사람은 연령마다 다른 권장수면시간을 가지고 있고, 또 개인마다 다른 적정수면시간을 가지고 있다. 그렇기 때문에 올바른 수면을 위해서는 자신의 적정수면시간을 알고 지키는 것이 건강한 삶을 이어나가는 길일 것이다.

올바른 수면을 하기 위한 두 번째 방법에는 수면자세가 있다. 수면자세를 보면 그 사람의 성격을 알 수 있다는 말이 있는 것처럼 사람은 각기 편한 다양한 자세로 수면을 취한다.

그런데 이 수면자세에 따라 혈액순환이 방해돼 몸의 피로가 누적되는 등 건강이 좌우된다고 할 정도로 수면자세는 건강과 직결되어 있다고 할 수 있다. 영국의 일간지 데일리메일에서 맨디 프랜시스가 '5가지 수면자세가 건강에 미치는 장단점'을 공개했다. 사람들이 가장 많이 취하는 수면자세는 옆으로 누워서 자는 것이다. 옆으로 눕는 자세도 방향에 따라 미치는 영향이 다르다. 왼쪽으로 누워 자는 경우 위에서 식도로 산이 역류하는 양을 크게 줄이도록 내부 장기가 제어되어 속 쓰림 등의 발생을 막을 수 있는 장점이 있지만 정기적으로 악몽을 꾸는 사람 가운데 왼쪽으로 자는 사람 중 40.9%가 해당된다는 재미있는 연구도 있다. 등을 바닥에 대고 바로 누워 자는 경우는 얼굴이 베개에 오랜 시간 눌리지 않아 주름과 반점이 덜 생길 수 있지만 옆으로 자는 것보다 코골이와 수면 무호흡증을 배로 증가시킬 수 있다는 단점이 있다고 한다. 또 머리를 옆으로 하고 엎드려 자는 자세의 경우는 과식한 뒤 소화를 촉진하는 이상적인 자세이지만 두통, 굳은 어깨, 팔 저림 등 통증을 유발할 수 있을 만큼 목 근육과 신경에 압박을 가해진다는 단점이 있다고 한다. 각 수면자세마다 장단점이 있는데 수면 무호흡증이 있는 사람이라면 똑바로 누워 자는 것보다 옆으로 누워 자는 것이 안전한 것처럼 각자의 건강상태에 따라 수면자세를 취하는 것이 좋을 것 같다.

여담으로 바른 베개 높이 또한 중요하다고 한다. 우리나라 사람 중 75% 나 잘못된 베개를 사용하고 있는데 베개는 목의 휴식과 회복에 결정적인 역할을 하고 있기 때문에 자신의 체형에 맞는 베개를 선택해야 한다. 마지 막으로 좋은 수면상황을 만들어야 한다. 눈에 자극이 없는 밝기와 습도, 수 면을 방해하는 과다한 카페인 섭취 줄이기, 건강한 수면에 좋은 자기 전에 독서하기 등 다양한 숙면 취하는 법이 있지만 가장 중요한 것은 규칙적인 취침시간을 정하는 것이다. 규칙적인 취침시간으로 몸에 알맞는 생체리듬 을 만들어가는 것은 건강한 생활에 활기를 한층 더 불어 넣어 줄 것이다.

지금까지 올바른 수면을 위한 수면시간, 수면자세, 수면환경에 대해 이야 기했다. 만약 몸에 이상증세가 있다면 자신의 수면습관을 되돌아보고 올바 르게 고치려 노력하는 것이 잠이 보약이라는 말처럼 어떤 약보다 빠른 회 복효과를 보여줄 것이다.

티끌 모아 태산! 우주쓰레기

인류는 원시시대부터 현재까지 다양한 환경에 적응을 해가며 무궁한 발전을 해왔다. 발전에 대한 대가로 쓰레기가 생겨났고, 문명이 발전되면 발전될수록 쓰레기는 다양한 곳에서 더욱 많이 생산되었다. 미국 환경청의 통계에 의하면 세계는 해마다 7억 5000만 톤의 쓰레기를 지구 곳곳에 버리며 점점 늘어나는 쓰레기에 골머리를 앓고 있다. 안타깝게도 인류는 지구의 쓰레기뿐만 아니라 우주의 쓰레기까지도 걱정해야 된다.

이 글을 읽는 사람은 우주쓰레기가 왜 문제가 되는지 궁금할 것이다. 우선 쓰레기는 사람들이 많은 곳에 쌓이기 마련인데, 극소수의 선택받은 사람들만 갈 수 있는 우주에 어떻게 우주 진출에 지장을 줄 만큼의 쓰레기가 생산될 수 있었을까?

우주쓰레기는 우주공간에 떠도는 다양한 크기의 인공적인 모든 물체를 말한다. 즉, 다시 말해 내가 들고 있는 핸드폰이 우주에 둥둥 떠다니게 되면 우주 쓰레기이고, 작은 쇠 조각도 우주에 떠다니면 우주쓰레기란 것이다. 우주에 떠다니는 쓰레기는 매우 다양한 종류와 크기로 구성되어 있다. 고장이 나거나 임무를 끝내 더 이상 사용하지 않는 수십m 크기의 인공위성부터, 로켓 또는 인공위성에서 떨어져 나온 조각들이 있다. 우주 쓰레기가 생기는 이유는 인공위성이 성공적으로 작동하지 못하고 폭발하여 생긴 다양한 잔해들이 우주에 남겨지는 경우 등이 있다. 여기에 나의 상상력을 더해보자면 우주에 처음 간 우주인이 아름다운 우주 경치에 놀라 사진을 찍던 중 실수로 카메라를 놓쳐 쓰레기가 되었을 수도 있다. 이처럼 우주에 쓰레기가 생기는 이유는 매우 다양하다.

우주에 있는 쓰레기는 도대체 왜 문제가 될까? 첫째로 우주쓰레기는 초속 7~10km로 떠다니고 있는데 이런 쓰레기들이 인공위성 등의 멀쩡한 기계에 부딪히게 되면 인공위성이 고장난다는 것이다. 실제 사례로 1996년에 프랑스 위성이 파편에 맞아 운영이 중단되었다고 한다. 또한 직접적인 피해로 우주쓰레기가 지구 주위를 맴돌다 중력에 의해 지상으로 떨어지는 것인데 그 과정에서 대기에서 타지 않고 지표면까지 내려와 막대한 피해를 준다는 것이다.

이러한 문제점들 사이에서도 가장 우려되는 것은 바로 케슬러 증후군이다. 케슬러 증후군은 인공위성과 우주쓰레기가 충돌하면서 더 많은 우주쓰레기가 생겨나게 되고 결국 걷잡을 수 없는 많은 양의 쓰레기 때문에 우주 진출에 차질이 생긴다는 것이다. 이러한 큰 문제점이 있는데 왜 신속하게 쓰레기를 처리하려고 노력하지 않는 것일까? 실제로 우주쓰레기 문제를 해결하기 위해 다양한 방안이 나왔는데도 실행되지 않는 것이 바로 막대한 비용 때문이다.

우주쓰레기 해결방안 중 몇 가지 소개해 보고자 한다. 첫 번째는 바로 쓰레기 그물이다. 이 방법은 위성이 수명을 다하면 사슬이 전개되며 여기에 우주쓰레기가 닿으면 그물을 펼쳐 포획하는 방식이다. 별도의 연료 없이 사용할 수 있고 저궤도로 발사되는 어떤 위성에도 장착할 수 있다는 장점이 있지만 수km 길이의 사슬이 우주쓰레기가 될 수 있다는 위험성이 있다. 두 번째 방법은 끈끈이 접착 볼이다. 접착성이 있는 원형 볼을 궤도에 띄워 끈끈이로 파리를 잡듯이 우주쓰레기를 잡는 방법이다. 이 방법 또한 제거 효율이 클 뿐만 아니라 제작단가가 낮다는 장점이 있지만 볼을 우주에 보내는 것 자체에 어려움이 있다.

이렇듯 많은 장점들도 있지만 무시할 수 없는 단점들이 있기에 우주쓰레기 제거에 더욱 큰 걸림돌이 된다. 하지만 어려움이 있다고 해서 계속 서로에게 책임을 떠맡기고 우주쓰레기를 해결하려고 하지 않는다면 결국 인류는 우주 진출은 고사하고, 언제 떨어질지 모르는 파편들에 대한 두려움을 안고 살아가야 할 것이다.

이러한 문제점들을 없애기 위해서는 인공위성을 처음 띄울 때부터 치밀하고 체계적인 국제법안을 만들어야 된다. 또한 지구에서는 각기 다른 나라들이지만 우주에 나갈 때에는 한 팀의 인류라는 점을 명심하며, 각 국가의 실익을 챙기려는 것보다 함께 도우며 발을 맞춰나가는 것이 우주를 지킬 수 있는 최고의 방법이 될 것이다.

최고의 폐수술, 금연

　2015년의 이슈를 뽑으라고 하면 담뱃값 인상을 빼놓을 수 없다. 담뱃값 인상이 된다고 기사가 나온 시기부터 사람들이 담뱃값이 인상되기 전에 담배를 한꺼번에 많이 사가려고 해서 마트에서는 담배판매를 1인에 몇 개로 한정하는 웃지 못 할 해프닝이 벌어지기도 했었다. 많은 사람들의 반대에도 불구하고 정부는 흡연자들의 금연 장려와 세수를 확보해 복지에 세금을 투자하기 위한다는 목적으로 담뱃값을 인상했지만 결국 흡연자들의 금연에는 효과가 없었고, 하층민들에게 부담만 실어주게 되었다. 흥미로운 사실은 담뱃값이 인상된 이후에 많은 사람들이 금연을 다짐했고 실제로 초기에는 담배의 수요가 눈에 띄게 줄었지만 이후 점차 원래의 수요로 회복한 점이다. 담뱃값 인상이 흡연자들에게 금연의 동기를 부여하기는 했지만 금연 성공의 원동력이 되지는 못 했다.

　대부분의 흡연자들이 흡연의 위험성을 알고 금연하려고 한다. 흡연은 신체에 어떤 영향을 줄까? 담배의 성분을 보면 쉽게 이해할 수 있다. 담배는 중독성을 가진 니코틴, 발암물질인 타르, 일산화탄소 성분 이외에도 약 4천 가지의 화학물질이 들어 있고, 50여 개의 발암물질과 방사능물질까지 함유

하고 있다. 이 물질들이 인체에 미치는 영향을 자세히 보면 흡연의 위험성을 좀 더 깊이 깨달을 수 있다. 우선 니코틴은 담배를 쉽게 끊지 못하게 하는 주요 원인으로 뇌를 자극해 흥분하게 하고, 뇌세포끼리의 정보 전달을 방해한다. 또한 체내로 들어가면 말초혈관을 수축시키고 콜레스테롤을 증가시켜 동맥경화를 일으킬 수 있다. 흡연자는 흡연을 통해 니코틴을 공급하게 되고, 금연으로 니코틴 공급이 중단되면 뇌에 대한 자극이 약해져 불안, 초조 등의 현상이 일어나 담배를 끊기 어렵게 만든다. 타르는 암세포가 생겨나게 하고, 폐암 등 여러 암들의 원인이 된다. 이 타르에만 2천여 종의 독성물질과 20여 가지의 발암물질이 있다. 또 담배에는 일산화탄소 성분이 있는데 일산화탄소는 산소보다 헤모글로빈과 결합하는 힘이 약 240배 정도 강하기 때문에 적혈구 내의 헤모글로빈과 결합하면서 산소의 공급을 저하시킨다. 산소의 공급이 저하되면 조직의 능력이 저하되고 세포의 손상이 일어나게 된다. 그리고 흡연은 비흡연자들에게까지 영향을 주기 때문에 문제가 심각하다. 만약 버스정류장에서 옆 사람이 흡연을 하고 있다고 가정했을 때 흡연자는 담배의 필터로 어느 정도 걸러진 담배연기를 마신다면, 옆에 있던 비흡연자는 필터가 되지 않은 독한 화학물질을 마신다는 것이다. 또한 흡연자가 흡연을 하면서 몸에 남은 담배의 물질은 아이들과 임산부들에게 특히 악영향을 준다. 이렇게 한 사람의 흡연으로 주변에 있는 사람까지 간접흡연을 하게 되므로 흡연자는 이 점을 명시해야 한다.

불행히도 대부분의 흡연자들이 이 사실을 조금씩은 알고 있음에도 불구하고 금연을 쉽게 성공하지 못한다. 첫 번째 이유는 담배에 포함된 강한 중독물질은 니코틴 때문이고, 두 번째는 흡연자 자신이 담배 때문에 폐암에 걸리고 신체의 일부를 잘라내는 것은 남의 일이라고 생각하기 때문이다. 흡연자들은 이러한 일들이 자신에게 일어날 가능성이 크고 본인뿐만 아니라 주변의 사람들에게도 간접흡연 등의 악 영향을 준다는 것을 깨닫고 이를 동기로 금연을 결심해야 한다. 그리고 담배는 강한 중독성을 갖고 있기 때문에 혼자 금연하기 힘들기 때문에 보건소 등의 도움을 받아야 한다.

지금까지 금연하기 위한 개인적인 측면이었으면 흡연자들의 금연을 돕기 위해 정부의 노력도 필요하다.

첫 번째는 화려하고 멋진 담배 디자인을 한 담배회사에 제재를 가해야한다. 세계 어디에도 우리나라처럼 담배 디자인이 예쁜 나라는 없고, 대부분 흡연했을 경우 신체에 생기는 이상증세의 사진을 디자인으로 해 흡연자들의 혐오감을 일으켜 금연에 도움을 준다. 두 번째는 대부분의 미성년자들이 담배광고에 노출되어 있는데 이 점에서도 정부의 도움이 필요하다. 담배회사는 TV나 신문 등에 광고를 내놓을 수 없기 때문에 담배를 판매하는 마트나 편의점 등에 광고를 집중시킨다. 한 다큐멘터리에서 담배회사의 주 마케팅 대상은 어른이 아니라 아이들이라는 말을 듣고 충격을 받았는데 아이들이 자라 어른이 되어서도 계속 담배를 피기 때문이다. 또 청소년이 담배에 유혹당할 확률이 비흡연자인 어른이 담배에 유혹당할 확률보다 크기 때문에 담배회사는 마케팅 대상으로 아이들을 노린다고 한다. 이러한 점을 감안한다면 담배의 유혹에서 아이들을 지키기 위해 정부는 담배광고에 노출된 아이들을 지켜주어야 할 대안을 마련해야한다.

흡연을 하면 흡연하기 전의 상태로 완벽하게 돌아가기까지는 정말 많은 시간과 노력이 필요하다. '흡연은 질병이다.' 라는 말처럼 이 질병을 고치기 위해 노력해야 하고, 아이들이 질병에 노출되지 않도록 신경 써야 한다.

진화하는 스마트폰, 퇴화하는 사람들?

'카메라, 사전, 컴퓨터, 사진첩, 연락처, 지도, 게임기'

이 단어들의 공통점은 무엇일까? 바로 스마트폰의 기능들이다. 우리는 현재 조그만 스마트폰만으로도 언제 어디서나 위의 기능뿐만 아니라 더 다양한 기능들을 사용할 수 있다. 만약 스마트폰 없이 위의 기능들을 즐기기 위해서는 엄청난 부피의 짐들을 짊어지고 다녀야 할 것이다. 이처럼 우리는 스마트폰의 개발로 전과는 비교할 수도 없는 편리한 생활을 누리고 있다. 하지만 장점이 있다면 단점도 따라오기 마련, 요즘에는 스마트폰의 문제점들을 쉽게 발견할 수 있고, 앞으로 더 큰 문제로 다가 올 것이다.

요즘에는 남녀노소 막론하고 대부분의 사람들이 스마트폰을 사용하고 있다. 스마트폰이 대중화된 지 10년도 채 안 된 것을 감안한다면 스마트폰은 매우 빠른 속도로 우리들 사이에 자리 잡았다. 스마트폰 중독이라는 말은 어디서나 들을 수 있는데, 몇 년 전만 하더라도 '스마트폰 중독'은 매우 어색한 단어였다. 그때에는 마약중독, 약물중독 등 무시무시한 단어들에 비해 핸드폰 중독은 과한 표현이라고 생각했었는데, 이렇게 생각했던 것이 무색할 정도로 스마트폰 중독은 심각한 문제로 떠오르고 있다.

우선 중독 자체 문제점으로 강박증, 우울증, 정신불안, 수면장애가 있다. 앞서 말한 것처럼 스마트폰 중독이 마약중독이나 약물중독보다는 심각한 문제처럼 보이지 않지만 스마트폰 중독을 방치한다면 점점 심각한 문제를 초래할 것이다. 특히 요즘 5세의 어린아이들이 스마트폰을 잘 다루는 모습을 보고 충격을 받았는데, 어린 나이에 스마트폰을 많이 사용하면 주의력이 산만해지고 다른 사람의 감정을 읽고 공감하는 능력이 떨어진다고 한다. 이처럼 아이들에게 스마트폰을 쥐어주는 것은 칼을 쥐어주는 것과 다를 것이 없으므로 아이가 울거나 보챈다고 스마트폰을 주는 행동에 대해 우리는 좀 더 신중해질 필요가 있다.

또 다른 스마트폰의 문제점으로 건강이상 증세가 있다. 장시간 스마트폰 화면을 보게 되면 안구에 안 좋은 영향을 끼치게 된다. 화면에서 나오는 블루라이트라는 빛 때문인데 이 빛이 눈을 손상시키는 주요 원인으로 지속적으로 안구가 블루라이트에 노출될 경우 시력저하 및 안구 건조증 등의 안구 질환을 가져올 수 있다. 그리고 스마트폰을 사용하면서 자세가 자연스럽게 구부러지고 목을 거북이처럼 뻗는 자세가 되는데, 이런 안 좋은 자세로 인해 거북목증후군, 손목터널증후군에 걸릴 수 있다. 스마트폰이 대중화되기 전에는 두 질환에 걸리는 사람이 직장인 등에 한정되어 있었는데, 대중화되면서 어린 학생뿐만 아니라 다양한 연령층에서 질환을 확인할 수 있을 정도로 스마트폰과 관련된 질환이라 할 수 있다. 그리고 하루에 스마트폰을 자주 만지는 시간대를 뽑자면 잠자기 직전을 빼놓을 수 없다. 잠을 자려고 누우면 자연스레 스마트폰에 손이 가게 되고 짧게는 10분에서 길게는 1시간 이상 손에서 놓지 않는다. 이러한 습관들은 숙면에 방해가 되고 어두운 상황에서 밝은 스마트폰을 보기 때문에 눈 건강도 자연스레 나빠진다.

스마트폰이 이렇게 건강에 악영향을 끼치는 것뿐만 아니라 인간관계에서도 부정적인 영향을 찾아볼 수 있다. 스마트폰이 생기기 전에는 사람들끼리 만나면 서로의 대화에 집중하며 시간을 보냈는데 요새는 아무리 친한 사람들끼리 모여도 스마트폰을 만지고 있는 사람들을 쉽게 발견할 수 있다. 분명 우리들의 삶을 편하게 해주기 위해서 개발되었던 것이 우리의 생활을 바꾸고 여러 측면에 부정적인 영향을 끼친 사실을 보면 마냥 기술의 개발이 즐겁게 다가오지는 않는다.

 이렇게 살펴 본 것처럼 스마트폰은 적절히 사용하면 최고의 기계이지만 과하게 사용할 경우 나의 몸뿐만 아니라 여러 상황에도 악영향을 준다. 단점의 영향은 줄이고 장점의 영향만 받는 것이 기계를 잘 사용하는 법이라고 생각한다. 스마트폰에 매여 사는 것이 아니라 스마트폰을 '잘' 사용했으면 좋겠다.

일자리와 편리함 사이

우리나라의 실업률은 점점 늘어나고 있고, 취업률은 점점 줄고 있다. 특히 청년실업률은 10.2%로 우리나라의 청년들을 삼포세대에서 오포세대까지 몰아붙이고 있다. 세계의 실업률 또한 우리나라와 별반 차이가 없다. 우리는 취업을 위해 서로와 경쟁을 하고 스펙을 쌓아가고 있는데, 이제 취업은 단순히 인간들끼리의 경쟁을 벗어날 것이다. 기계의 개발은 분명 사람의 힘으로 할 수 없는 일과 위험한 일을 대신 해주고 공장의 일정한 생산속도를 유지해 주는 등 우리에게 더욱 편리한 삶을 제공해 준 것은 분명한 일이다. 하지만 기계는 점차 인간의 일자리를 빼앗아가고 있다. '찰리와 초콜릿 공장'에 나오는 찰리의 아버지는 치약공장에서 치약 뚜껑을 닫는 노동자였다. 하지만 기계가 들어오면서 공장에서 쫓겨나고 한순간에 실업자가 된다. 이러한 일처럼 기계는 작은 부분부터 큰 부분까지 점차 일자리를 차지하고 있고 우리는 이러한 현상을 넋 놓고 바라보거나 기계가 할 수 없는 분야로 도망쳐야 할 것이다.

기계가 사람의 일자리를 빼앗는다고 말할 때 기계는 오히려 사람의 일자리를 늘린다는 주장이 있다. 보통 기계는 하늘에서 뚝 떨어지는 것이 아니고 누군가 만들어 내는 것이며 이러한 과정에서 일자리가 생겨난다고 한다. 또한 기계가 많아질수록 인간은 부가가치가 높은 일만을 맡아 오히려 기계의 발전 전보다 훨씬 풍요로운 삶을 누릴 수 있다고 한다. 언뜻 들으면 맞는 말 같지만 일의 분배를 생각하면 결국 많은 실업자가 생길 수밖에 없다. 일은 높은 자리로 올라갈수록 더 많은 정보를 요할 뿐만 아니라 채용하는 인원 또한 줄어든다. 즉, 기계에 일자리를 빼앗긴 노동자들은 기계가 하는 일 이상의 높은 지식을 배워야 한다. 하지만 대부분의 노동자들은 당장 하루 벌어 하루 먹고 살아야 하는 상황에서 높은 지식을 배우라고 하는 것은 현실에 맞지 않는다. 또한 기계에 일자리를 빼앗긴 노동자 전부가 높은 지식을 습득했다고 해서 전부 채용될 수는 없다. 앞서 말한 것처럼 일은 높은 자리로 올라갈수록 채용하는 인원이 줄어들기 때문이다.

만약 이러한 현상이 계속된다면 우리는 빙하가 점점 녹아 물에 빠지지 않기 위해 작은 얼음덩어리에 간신히 버티고 서 있는 곰과 같은 모습이 될 것이다. 기계는 다양한 분야에서 우리의 일자리를 빼앗고 있다. 요즘 드론이 주목 받고 있는데 드론이란 조종사 없이 무선전파의 유도에 의해 비행 및 조종이 가능한 비행기나 헬리콥터 모양의 군사용 무인항공기를 총칭하는 단어이며, 다양한 기능이 탑재되어 있고 최근에는 군사적 용도 뿐 아니라 농약을 살포하거나, 공기 질을 측정하는 등 다양한 곳에서 활용되고 있다. 특히 아마존에서 드론은 택배기사의 일을 대신하고 있다. 또한 공장의 노동자들이 일자리를 빼앗기는 것은 당연한 일이고, 자동 운전 시스템이 개발되고 있는 요즘 택시기사의 일자리도 머지않아 위협을 받게 될 것이다. 그동안 기계가 아무리 개발되어도 인간이 안심했던 이유 중 하나가 기계는 절대 인간의 섬세함을 따라오지 못하는 것이었다. 하지만 현재 로봇의 기술은 많은 발전을 거듭해 왔고 계속 발전하면서 인간의 최강점이었던 섬세함마저 위협하고 있다. 심지어 요리를 하는 로봇이 나왔는데 사람의 요리하는 움직임을 3D모션으로 촬영하여 로봇이 그 움직임을 따라하는 것이다. 점점 바빠져 가는 일상에 시간을 아끼기 위해 이 요리하는 로봇을 사람보다 더 애용하게 될지는 아무도 모르는 일이다.

산업혁명 당시 유럽의 전설적인 노동 운동가인 네드 러드는 기계파괴 운동을 주도했다. 그의 주장은 "기계는 노동자의 일을 대신하고, 당연히 기계가 많아질수록 노동자의 일자리는 사라지고 실업자는 늘어난다. 그렇기 때문에 기계를 부숴버려야만 대다수의 노동자가 잘 살 수 있다."였다. 기계는 분명 인간의 발전에 큰 도움과 발전을 주었기 때문에 나의 주장은 그의 말처럼 기계의 사용을 멈추자는 의미는 아니다. 하지만 현재의 추세처럼 계속해서 기계에만 의존하고 일자리를 내주는 것이 맞는지 많은 고민을 해봤으면 좋겠다.

이과와 문과, 대한민국 고등학교 시절을 보냈던 사람들 중
어디를 선택해야 할지 고민해 보지 않은 사람은 없을 것입니다.

저 역시 고등학교 생활을 하면서
'꼭 이과와 문과를 나누어서 한계를 잡아놔야 될까' 라는 생각을 했습니다.

자신이 어느 과에 있던지 스스로 한계를 정하기보다는
다양한 지식과 경험을 쌓기를 바랍니다.

문학과 언어 탐색

이나희

내가 이 글을 쓰게 된 이유에는 나의 꿈과 관련이 있다. 나의 꿈은 문학 관련 일을 하는 것이다. 국어를 떠올려보니 언어, 문학이 주된 영역이기 때문이다. 그래서 언어 관련 글을 쓰려고 알아보다가 처음 보는 어휘 '자몽하다'가 있었다. 단순하게 인터넷 용어로써 지어낸 말인 줄 알았는데 순우리말이어서 놀라웠다. 평소 아무 생각 없이 지내다가 우리의 언어에 관심을 갖고 바라보니 나의 생각을 깊게 해 주었다. 새삼 우리 언어의 중요성에 대해 깨달았다고나 할까?

말의 힘

　우리의 일상생활은 언어를 통해 이루어지고 있다. 생각을 나누는 것, 마음을 전달하는 것, 원하는 바를 표현하는 것, 노래를 부르는 것, 지식을 전달하는 것 이외의 다른 것들도 거의 대부분 말을 통해서 이루어지고 있다. '말한마디로 천 냥 빚을 갚는다.' 라는 속담처럼 말은 사람을 죽일 수도, 살릴 수도 있다. 이처럼 사람의 삶에서 언어가 가지는 무게는 감히 가늠하기조차 힘들 정도로 크기 때문에 말을 할 때에는 항상 주의를 하며 해야 한다고 생각한다.

　말의 힘이 이토록 중요하다보니 어떤 종류의 말을 해야 삶의 향상에 도움이 되는지에 대해서도 수많은 사람들이 생각들을 쏟아내기도 했다. 그런 수많은 사람들의 견해들보다 나의 마음에 드는 한 실험이 있었다.

　그 실험은 바로 '말의 힘'을 테스트 해보는 실험이다. 이 실험은 크기와 모양이 똑같은 양파 2개를 이용하여 테스트 해보는 실험이다. 같은 크기의 컵과 같은 물의 양으로 양파를 키우고 물을 같은 주기에

갈아주면서 계속 같은 위치에서 테스트를 진행한다. 그러나 오직 한 가지 다른 점은 한 양파에는 좋은 말만 해주고 나머지 양파에는 나쁜 말만 해주는 실험이었다. 물론 서로 다른 말을 하는 실험을 진행할 때에는 서로 다른 말을 하는 것이 각 양파에게 영향을 끼치지 못하도록 다른 장소에서 진행을 하였다.

실험을 시작할 때에는 양파 크기가 비슷하고 겉모습 이외의 다른 차이점을 찾아볼 수 없어서 단순하게 양파의 껍질만 보고 껍질의 색이 갈색인 오른쪽의 양파가 더 안 자랄 것이라고 생각했다.

시간이 지난 후 실험의 결과를 살펴봤을 때 두 양파의 차이는 양파의 싹뿐만 아니라 비늘줄기와 물, 그리고 뿌리에서도 나타났다. '비늘줄기' 라는 것은 쉽게 말해서 우리가 양파 중에 먹는 부분을 이야기한다. 그런데, 좋은 말을 듣고 자란 양파의 비늘줄기에서는 단단한 모습을 보이는 반면 나쁜 말을 듣고 자란 양파의 비늘줄기에서는 무르고 곰팡이가 피어 있었다.

그리고 좋은 말을 듣고 자란 양파의 싹 색깔은 진한 초록색이었고, 싹의 높이는 높고 무성하게 뻗어났다. 하지만 나쁜 말을 듣고 자란 양파의 싹 색깔은 연한 초록색이었고, 싹의 높이는 좋은 말을 듣고 자란 양파와 확연하게 차이가 날 정도로 짧게 자라났다.

게다가 좋은 말을 해준 양파는 양파의 표면이 반질반질했다. 그리고 자란 컵 안의 물은 깨끗하고 물에서는 단순한 양파 냄새만 났다. 그러나 나쁜 말을 해준 양파는 양파의 표면이 무르고 곰팡이가 피어 있었다. 그리고 자란 컵 안의 물에서는 탁한 색을 띠며 썩은 냄새가 진동을 했다.

이 실험을 통해 좋은 말을 듣고 자란 양파와 나쁜 말을 듣고 자란 양파의 차이를 비늘줄기, 싹, 물의 관찰을 통해서 잘 살펴볼 수 있었고, 뿌리에서도

확연한 차이를 볼 수 있었다. 좋은 말을 듣고 자란 양파의 뿌리는 하얀색이면서 무성하고, 컵의 높이가 낮아 뿌리가 자라는 만큼의 공간이 부족하지만 부러지지 않고 구부러지는 정도로 생명력이 있는 모습을 보이지만, 나쁜 말을 듣고 자란 양파의 뿌리는 간신히 내릴 정도로만 자라나고, 뿌리가 썩어가는 모습을 보여 생명력을 잃은 모습처럼 보였다.

　실험을 처음 시작할 때에는 말의 힘에 대해 반신반의하기도 했고, 혼자 양파한테 말을 건다는 것이 쑥스러워서 성의 없이 하기도 했다. 그렇게 일주일을 하다 보니 두 양파에 차이가 별로 보이지 않는다는 것을 알게 되고, 말의 힘을 알아보려면 진심을 다해서 해야겠다는 것을 느꼈다. 그래서 2주째에는 정말 성심성의껏 좋은 말을 들어야 하는 양파에게는 좋은 말을 해주고 나쁜 말을 들어야 하는 양파에게는 나쁜 말을 해주었다. 실험을 의미를 가지고 하게 되면서 나쁜 말을 들어야 하는 양파에게 미안하다는 생각이 들었다. 다른 양파는 가만히 있어도 칭찬을 받고 사랑을 받는데 나쁜 말을 듣는 양파는 똑같이 가만히 있어도 욕을 듣고, 뿌리가 자라지 않아서 욕을 듣게 된다는 것에 대해 미안했다. 이 실험을 사람에게 적용해 보면 더 심각할 것이라는 생각이 들었다. 식물은 말을 하지도 않고 알아듣지도 못하지만 나의 억양과 높낮이를 파악해서 말뜻을 이해하고 그것이 양파들의 성장에 영향을 미쳤는데, 사람은 같은 언어를 하고 그 언어의 의미를 다 알고 있어서 그것이 그 사람에게 어떻게 영향을 미칠지에 대해 생각을 해보니 무서워졌다. 이 실험을 단순히 식물에게만 적용했을 때에는 말의 힘에 대해서 직접적으로 받아들이는 데 있어서 눈으로 실험을 통해 보았지만 조금 낯설다는 생각이 들었다. 그러나 실험 결과를 보며 사람에게 실험과 같은 경우가 일어날 때는 실험보다 더 큰 영향이 가해질지도 모른다는 생각이 들었다. 나는 이 실험을 통해 사람의 관계에서 어떤 말을 주의해서 해야 할지, 식물에게도 사람의 말이 영향을 끼치는데 그러한 영향을 미치는 말이 사람의 삶에서 얼마나 영향을 미칠지, 어떤 종류의 말을 해야 삶의 향상에 도움이 되는지에 대해서 느끼게 되었다.

아서 코난 도일(Arthur Conan Doyle)은 살인마인가?

나는 이번에 말을 주제로 하는 글이 아닌 문학을 주제로 하는 글을 써 볼 생각이다. 이 글은 내가 어릴 적 가장 관심을 가지고 보았던 '명탐정 코난' 이라는 만화와 조금의 연관성이 있는데, '명탐정 코난' 이라는 만화에서 주인공이 '코난 도일' 인데, 다른 사람에게 자신의 신분을 속이기 위해 책장에 있는 '아서 코난 도일' 의 이름을 따서 자신의 이름을 '코난 도일' 이라고 숨기게 된다. 아마 아서 코난 도일이 유명하다보니 위기를 모면하기 위해 작가의 이름을 썼다는 것을 알려주기 위해 일부로 이 작가를 만화에 나타나게 한 것이 아닐까? 그것이 나의 생각이다.

앞에서도 말했듯이 영국의 유명한 추리소설 작가인 아서 코난 도일은 의대 재학 중 문학을 접하게 되었는데, 의대 재학 중 문학을 접했다고는 믿을 수 없을 정도로 뛰어난 글 솜씨를 뽐낸다. 아서 코난 도일은 우리가 알고 있는 저명한 소설 〈명탐정 셜록 홈즈〉를 세상에 탄생시킨 작가이다. 그는 〈명탐정 셜록 홈즈〉 이 외에도 '네 개의 서명', '바스커빌 가의 사냥개' 등으로 유명세를 타기도 했고, 그밖에도 '셜록 홈즈의 모험', '셜록 홈즈의 귀환', '셜록 홈즈의 회상', '셜록 홈즈의 마지막 인사' 등 셜록 홈즈 작품집을 통해 전 세계적으로 지금까지도 많은 인기를 받고 있는 작가이기도 하다.

아서 코난 도일의 장편소설 중 최고의 걸작이자, 그동안 받던 원고료의 200배를 받게 해주고 아서 코난 도일의 몸값을 올려준 작품인 '바스커빌 가의 사냥개'는 바스커빌 집안에서 전해 내려오는 기이한 사건을 다룬 책으로 누군가 개를 이용해 살인을 벌이는 것으로 추정되는 소설이다.

하지만 아서 코난 도일을 살인자로 몰리게 한 작품이기도 했다. 그 이유는 '바스커빌 가의 사냥개'가 그간 코난 도일이 썼던 문체와 달랐고, 캐릭터가 완전히 바뀌었기 때문이다. 그리고 아서 코난 도일이 책에 직접 명기한 기록에 대한 의문점도 눈길을 끌었다. 책에는 "친구인 로빈슨이 이 책을 만들기까지 도움을 줬다."라고 명기되어 있었다. 그러나 코난 도일은 자신의 친구 로빈슨이 사망한 뒤 책에 기존에 명기되어 있던 내용을 "하지만 그 친구의 발언은 책의 모티프만 제공했을 뿐 구성과 내용 전체는 내가 썼다."라고 바꾸었다. 자신의 창작물임을 강조하는 글로 말이다.

이에 디켈 닐리라는 인물은 "이 부분은 로빈슨을 왜 살해했는지를 알려준 대목이다."라며 그의 살인을 더욱 강조했다. "친구의 작품을 표절한 코난 도일은 그 이유를 감추기 위해 친구를 살해했다."라고 말이다. 그렇다면 '바스커빌 가의 사냥개'는 정말 표절한 글일까?

연구가들은 몇 가지의 이유를 통해 사실성을 높이고 있다. 코난 도일은 보어 전쟁으로 연재를 중단한 상태였고 새로운 이야기를 써야 한다는 강박증에 시달리던 중이었다고 한다. 그중 우연히 로빈슨이 쓴 이야기를 접하고 이를 표절했다는 것이다. 그리고 코난 도일이 로빈슨이 쓴 이야기를 뺏기 위해 로빈슨을 독살했다고 주장하고 있다.

이에 대해 연구가들은 세 가지로 정리했다. 첫 번째 근거로 로빈슨이 장티푸스로 죽었다고 알려져 있지만 장티푸스로 인해 병원을 다닌 기록은 전혀 존재하지 않는다는 것이고, 두 번째는 장티푸스는 전염병이지만 그의 주변에는 장티푸스에 전염된 사람이 없었다는 것이다. 세 번째는 장티푸스로 사망한 사람은 전염병이 옮지 않기 위해 화장을 했지만 당시 로빈슨은 매장됐다는 점 등을 들었다.

즉, 코난 도일이 살인마라고 추정하는 사람들은 "코난 도일이 로빈슨에게 독극물을 먹인 뒤, 장티푸스 증상처럼 보이게 하여 죽였다."며 코난 도일 이외에도 다른 공범이 있었다고 주장하고 있다. 이들은 로빈슨의 아내 글래디스가 코난 도일과 사귀는 사이였고, '바스커빌 가의 사냥개'를 표절했다는 사실과 글래디스와 불륜 사실을 들킬까 봐 살해했다고 밝혔다.

사후 70년 만에 코난 도일이 살인마라는 사실을 뒷받침하는 정황들은 과연 어떤 진실을 말하게 될까? 이런 코난 도일의 살인사건 설에 대해 코난 도일의 팬들은 "책을 홍보하기 위해 말도 안 되는 억지 음모를 코난 도일에게 뒤집어 씌워 억지스러운 주장을 펼치고 있다."라고 주장하며 이를 반박하고 나섰다.

그러나 연구가들은 코난 도일의 친구인 로빈슨이 알려진 이야기처럼 장티푸스로 죽은 것인지, 코난 도일이 독살을 한 것인지 등의 사실을 알기 위해 부검을 요구하고 있다.

최근 팬들과 연구가들 사이에서 논쟁인 이 사건에 대해서 나는 이 사건이 진실인지 거짓인지 간에 아서 코난 도일은 위대한 추리 소설 작가임에 틀림없다고 생각한다. 지금까지도 셜록 홈즈가 영화관에서 상영되고 있는 것은 물론 코난 도일의 글 전개 방식을 보면 처음에는 조잡한 단서들을 쭉 나열하여 궁금증을 유발시킨다. 그러다가 마지막에 퍼즐을 맞추듯 단서들을 결합하여 나 스스로 깨닫게 만들기 때문이다.

역사를 잊은 민족에게 미래는 없다!

이 노래는 대한민국에서 가장 유명한 노래 중 하나이면서 무려 2년 6개월 간이나 영화관에서 상영된 영화의 배경음악이다. 이 노래를 작사한 사람은 이 영화의 감독이기도 했고, 홍범도 장군 산하 부대에서 활동한 독립 운동가이기도 했다.

이 노래는 바로 우리나라 국민이라면 누구나 아는 '아리랑'이다. 그리고 불과 90년 전, 아리랑은 영화를 보지 않은 국민들도 흥얼거리는 전 국민이 부르는 히트곡이었다.

이 노래의 작사가는 홍범도 장군 산하 부대에서 활동한 독립 운동가인 춘사 나운규이다. 춘사 나운규는 나라 잃은 민족의 한을 달래고 민족의식을 고취시키고자 영화 '아리랑'을 만들었고 각본, 각색, 배우, 감독을 홀로 해냈다. 그때 그의 나이는 고작 스물다섯이었다. "아~리랑 아~리랑 아라리요~" 어쩌면 우리는 간간이 들리는 '아리랑'을 듣고 소중한 전통이지만 무심하게 생각하게 되고, 요즘 가게에서 흘러나오는 노래를 듣다가 아리랑을 들으면 솔직히 '지겹다'라고 무심코 생각했을지 모른다.

하지만 일제에 의해 말살되고 있었던 '아리랑'이 지금까지 우리에게 들려질 수 있는 이유는 열악한 상황에서 민족의 노래를 지키고자 했던, 스물 다섯 살 새파랗게 젊었던 청년 춘사 나운규의 의지와 열정이 있었기 때문이다.

최근 한 프로그램을 통해 하시마섬과 우토로마을에 얽힌 조선인들의 한 맺힌 목소리를 들을 수 있었다.

과거를 인정하고 되풀이 하지 않으려는 노력 대신, 모르쇠로 일관하는 일본의 태도가 몹시 불쾌하고 화가 나 모든 국민이 분노했으리라 생각된다.

이처럼 우리가 역사를 배우는 이유는 과거의 잘못된 행동들을 반성하고 다시는 실수하지 않도록 하려는 이유도 있지만, 역사를 알아야 민족의식이나 한 나라의 국민이라는 자긍심도 쌓아나갈 수 있기 때문이다.

최근 '역사를 잊은 민족에게 미래는 없다!' 라는 말이 유행처럼 번지고 역사공부 열풍이 불고 있다고 한다. 이러한 것은 최근 우리의 뼈아픈 역사를 비추고 있는 위안부와 관련된 '귀향' 이라는 영화부터 시작해서 예능프로그램에 이르기까지 다양한 방면에서 우리의 역사가 주목받고 있기 때문이다. 그리고 이러한 방송들은 현재를 살기 바빠 마음은 있지만 역사공부를 제대로 하지 못하는 사람들에게도 가장 큰 영향을 미치고 있다. 또한 잊었던 역사에 대해서 다시 재조명하며, 우리의 애국심을 일깨워주고, 숨겨져 있던 새로운 사실들을 알게 되고, 도움이 필요한 곳이 있다면 후원을 하게 되는 등 긍정적인 역할을 하기도 한다.

나는 우리의 눈과 귀를 만족시켜줄 다양한 영화와 TV프로그램들, 그리고 SNS들이 발전하고 있는 이 세상에서 물론 과거에만 머물러 있을 수는 없겠지만 우리의 뼈아픈 과거를 잊지 않고 마음에 새기며, 그러한 일이 다시 발생하지 않도록 올바른 역사의식을 가져야 한다고 생각한다. 그래서 나는 정확한 정보와 다양한 시각에서, 눈과 귀가 즐거운 그런 것보다는 그 속에서 우리의 애국심을 고취해 나갔으면 좋겠다.

현재의 언어 사용,
되돌아보아야 할 필요성이 있지 않은가?

　'자몽하면 수박해야지.'라는 말이 우리말이라는 사실을 알고 있는가? '자몽하다'는 졸릴 때처럼 정신이 흐릿한 상태를 일컫는 형용사이다. 그리고 '수박하다'는 붙잡아 '묶다' 라는 뜻을 가진 동사이다. 생소하고 접한 적 없는 것처럼 느껴지는 이 표현 중 '자몽하다'는 표현은 소설 '임꺽정'에도 나온다. 소설 '임꺽정'에 나오는 대사 중 '과부가 자몽하여 자는 것 같이 누워 있을 때 정 첨지 며느리가 미음을 가지고 와서…….'라는 대사에서 찾을 수 있다.

　이처럼 우리가 '과일'로만 알고 있는 단어들 속에 숨은 의미가 있는 단어들은 '자몽하다'와 '수박하다' 뿐만이 아니다. '포도하다(도둑을 잡다)', '오이하다(귀에 거슬리다)', '감하다(덜거나 빼다)', '고추하다(살펴어 헤아리다)', '대추하다(가을을 기다리다)', '배하다(두 번 합하다)' 등의 단어도 있다.

　그런데 방금 소개한 말들 중 일부는 순수한 우리말이 아니라 한자어이다. 하지만 국립국어원 국어생활종합상담실에 근무하는 국립국어원 관계자의 말에 따르면 이런 단어들을 우리말로 볼 수 있다고 한다. 사실 이러한 한자어가 순우리말은 아니지만 우리가 쓰고 있는 말이라서 국어에 포함이 될 수 있다고 한다.

만약 세종대왕이 한글을 만들지 않아서 한글이 없었다면 과일 '포도'가 도둑을 잡는 '포도(捕盜)하다'와 같은 '포도'라는 문자로 쓰이는 일은 없었을 것이다. 게다가 지금까지도 우리는 우리의 언어가 없이 한자를 빌려 우리의 언어를 한자를 이용하여 쓰이고 있었을 것이다.

이러한 귀여운 표현들을 가진 우리말을 내버려둔 채, '버카충(버스 카드 충전)', '문상(문화상품권)', '딸쉐(딸기 쉐이크)', '김천(김밥천국)', '엄카(엄마카드)' 등 단순 줄임말 수준이었던 청소년 은어 사용이 최근 외국어와 각종 욕설을 뒤섞는 방법으로 한층 더 진화하고 있어, 우리의 언어는 황폐해져가고 있다.

청소년 은어는 언어를 통해 분노를 표출하는 사회의 변화도 보여준다. 흔히 강조의 표현으로 사용되는 접두어 '개, 캐, 존, 졸'을 사용한 신조어 '핵노잼(재미없을 때 사용하는 표현)', '개이득(매우, 정말로 라는 뜻)', '캐실망(대단히 실망했다는 뜻)' 등은 핵무기에서 따온 '핵'을 덧붙여 감정을 한층 고조시키고 있다. 각종 줄임말과 인터넷 은어가 청소년만의 문제는 아니다. 성인들도 '아아(아이스 아메리카노)', '프사(프로필사진)', '스벅(스타벅스)' 등 줄임말을 비롯해 '존예(아주 예쁘다)', '근자감(근거 없는 자신감)' 등과 같은 은어를 거리낌 없이 사용한다.

한편으로 이러한 언어 현상을 부정적으로만 보기는 어렵다는 의견도 있다. 각종 기발한 아이디어로 새로운 말을 만들어내는 것은 젊은 층의 창의성을 보여준다는 것이다.

그러나 품격이 낮은 언어가 난무하고 저속한 표현과 욕설이 일상화된 청소년 언어 등 사회 전반에서 벌어지는 어법 파괴 현상과 소통 단절에 대한 우려의 목소리도 높다.

물론 언어의 창조적인 면이 무조건 부정적이라는 것은 아니다. 하지만 우리의 일상생활 속에서 사용하는 단어들을 자신의 편의를 위해, 또는 친구들과의 결속력을 위해 줄여서 사용한다면 자신의 친구들 이외의 사람들과 어울릴 때에는 소통이 안 될 수도 있고, 더 나아가 다른 사회 구성원 간의 소통이라면 소통의 단절을 불러일으킬 수도 있다고 생각한다.

게다가 단순한 말 줄임 표현 사용과 분노를 표출하는 청소년 은어로 인해 청소년의 어휘력과 사고력이 저하될 수 있다고 생각한다. 청소년 은어는 짧은 단어로 생각과 느낌 등을 단순하게 표현하는 경향이 있다고 생각한다. 게다가 언어를 통해 사고를 다양화하고 체계화, 또는 구체화해야 하는 능력이 단순화될 수 있다고 생각한다.

하지만 나도 청소년이다 보니 청소년의 입장에서 바라본다면 청소년 은어를 아예 사용하지 않을 수는 없을 것이다. 친구들과 이야기를 할 때의 대부분이 청소년 은어이기 때문이다.

그래도 자신 스스로 청소년 은어를 쓰지 않으려고 노력하고, 쓰게 된다 하더라도 자신이 사용한 단어가 청소년 은어임을 인지하여 쓰지 않으려는 생각을 한다면 그 전보다는 무분별한 청소년 은어 사용이 나아질 것이라고 생각한다.

게다가, '자몽하다'와 같은 색다른 순우리말을 자주 사용하여 청소년들 사이에서 청소년 은어로 자리잡아갈 수 있게 새로운 노력을 해 나간다면 우리의 언어가 풍요로워질 것이다.

헬 조선에서 안녕하십니까?

6분이라는 시간이 어떻게 느껴지는가? 6분은 길다고 하면 긴 시간이겠지만, 100세 시대, 아니 이제는 1000세 시대를 바라보는 시대에 사는 우리에게는 매우 짧은 시간이다.

그러나 우리나라 아빠들이 하루에 자녀와 같이하는 시간은 6분으로 경제협력개발기구(OECD) 회원국 중 가장 짧은 것으로 나타났다. 국민이 생각하는 삶의 만족도도 OECD 중 최 하위권이었다. 만족도는 15~29세는 6.32점이지만 30~49세는 6.00점, 50대 이상은 5.33점으로 나이가 들수록 더욱 떨어졌다.

2015년 10월 19일 OECD '2015 삶의 질(How's life?)' 보고서에 따르면 한국인이 평가한 삶의 만족도가 34개의 OECD 국가들 중에서 27위를 차지했다고 한다. 10점 만점에 한국인 삶의 만족도는 5.8점. 단순히 수치상으로 볼 때, "그냥 중간보다 조금 낫다."라고 말하는 상황이라고 해야 하는 것일까? OECD평균이 6.58점이라고 하는데, 결국 평균에도 못 미치는 상황이 한국인 삶의 만족도라는 것이다. 물론 34개 국가들 중에 27위라는 것은 한국보다 삶의 만족도가 더 낮은 국가들이 있다는 말이다. 그런 결과를 보면 "그렇게 '헬 조선'이라고 말해야 하냐?"라고 누가 반문할지도 모른다. 하지만 다른 조사 발표도 살펴보면 쥐 잡듯이 잡혀 살아가는 나라가 한국이라는 상황에 공감할 수밖에 없을 것 같다.

연령대가 낮을수록 삶의 만족도가 상대적으로 높기는 했지만 한국 어린이가 처한 환경은 좋지 못했다. 한국 어린이들이 부모와 함께하는 시간은 하루 48분으로 OECD 국가 가운데 가장 짧았다. OECD 평균은 151분이다. 한국 아빠와 아이의 교감시간은 하루 6분으로 OECD 국가 중 가장 짧았고, OECD 평균(47분)과 차이가 컸다. 아빠가 같이 놀아주거나 공부를 가르쳐주거나 책을 읽어주는 시간이 3분이고, 신체적으로 돌봐주는 시간도 3분에 불과했다.

이웃나라 일본 어린이들만 해도 아빠와 함께 놀거나 공부하는 시간이 하루 12분, 돌봐주는 시간은 7분으로 한국보다 길다. 15~19세에 학교를 다니지 않고 취업도 하지 않고 훈련도 받지 않는 방치된 비율도 9번째로 높았다.

한국 학생들의 학업 성취도는 상위권을 차지한다는 점이 뼈아프게 느껴지는 부분이다. 한국 학생들의 컴퓨터 기반 문제 해결 능력이 전체에서 1위를 차지하고, 15세 이상의 읽기능력이 2위를 차지한다는 것이다. 어린 연령대의 학생들이 다른 국가의 학생들에 비해서 정말 죽어라 공부를 해야만 하는 상황이 한국의 상황이라는 것이다.

예전 어떤 다큐멘터리에서 복지가 잘 되어 있는 국가의 노부부 인터뷰를 보고 충격을 받았다. 나이가 들은 그들이 다시 젊은 시절로 돌아가고 싶지 않다는 것이다. 왜냐하면 복지가 잘 되어 있는 이 상황에서 나이를 먹고 은퇴해서 편안하게 잘 살아가는 현재가 무엇보다 행복하기 때문이라는 것이다. 우리나라 노인들에게 물어보면 아마 대부분은 젊은 시절로 돌아가고 싶다고 말할 것이다. 왜냐하면 그만큼 우리나라는 복지 부분에 있어서 취약한 점이 있기 때문이다.

그런데 한국은 어려서부터 죽어라 공부를 하며 전 세계에서 최상위권의 성적을 올리게 되지만, 나이를 먹으면 먹어갈수록 그 삶의 만족도는 계속 떨어지는……. 그리고 그 전체 평균이 OECD 34개 국가들 중에서 27위라는 상황. 말 그대로 쥐 잡듯 잡혀서 살아가는 나라가 현재 한국의 상황이라는 말이 아닌가? 그렇다면 우리는 헬 조선에서 안녕하고 있는 것일까?

휴지통이 없는 화장실

휴지통이 없는 화장실, 상상해 봤는가?
아마 우리나라의 공중화장실을 주로 사용
하는 사람이라면 상상할 수 없을 것이다.

공중 화장실에 가면 이런 문구를 흔히 볼
수 있을 것이다. '휴지를 휴지통에 버려주

세요.' 하지만 청소가 제대로 되지 않고 있는 화장실 휴지통이 많다.

해외 온라인 커뮤니티에서 우리나라의 화장실 문화를 보고 "왜 이런 짓
을 하는 거예요? 변기에 휴지 넣고 물 내리세요. 저 배관공인데 휴지 때문에
배관 막히는 일 없어요."라고 말한다. 또한 미국에 사는 사람들은 오히려 대
소변이 묻은 휴지가 화장실에 남아 있는 것을 비위생적으로 생각한다. 따라
서 미국 화장실에는 휴지통이 없고 에티켓 통만 있다.

게다가 일본에서는 휴지를 변기에 버리는 것이 상식이다. 변기 옆에 있는
작은 휴지통은 위생용품이나 다른 쓰레기를 버리는 용도이다. 일본에서 한
국인의 이용이 많은 화장실에는 한글로 "휴지를 변기에 버려 주십시오."라
는 안내 문구가 쓰여 있다고 한다.

미국이나 일본 뿐만 아니라 유럽과 뉴질랜드 등 많은 나라들이 변기에 휴지를 버린다. 물론 우리나라처럼 화장실에 휴지통이 있는 나라도 있지만, 그 나라들 대부분이 상하수도 시설이 제대로 되어 있지 않기 때문이다. 하수 처리가 잘 안 되어 있는 나라에서는 화장실 휴지통을 꼭 써야 하지만, 우리나라는 배관 설비가 잘 되어 있기 때문에 굳이 화장실에 휴지통을 두어야 할 필요가 없다.

그런데 왜 아직도 화장실 휴지통을 고집하는 걸까? 우리나라도 2012년부터 도시철도공사가 화장실 휴지통 없애기 캠페인을 시작했지만 쉽지 않았다. 휴지는 휴지통에 버려야 하고, 휴지를 많이 넣으면 막힌다는 선입견이 있기 때문이다. 하지만 도시철도공사 관계자는 휴지를 넣으면 변기가 막힌다는 것은 잘못된 상식이라고 말한다. 실제로는 지갑이나 여성용품, 물에 안 녹는 물티슈 등으로 인해 막히는 경우가 대부분이라고 한다. 도시철도공사에 따르면 화장실 휴지통을 없애고 오히려 하루 변기 막힘 건수가 19.6건에서 15.8건으로 줄었다고 한다.

우리나라 공중 화장실에서 많이 볼 수 있는 '아름다운 사람은 머문 자리도 아름답다'에서 '머문 지도 모르게'로 바꾸는 문화가 자리를 잡을 수 있을까?

나는 미국과 일본에 있는 공중화장실에는 휴지통은 없고, 에티켓 통만 있다는 사실을 듣고 매우 놀랐다. 나도 화장실에 써져 있는 '휴지는 휴지통에'라는 문구를 많이 보아왔고, 그 말을 그대로 따라 행동을 해왔기 때문이다.

지금 와서 내 행동을 생각해 보면 우습기도 하고, 무섭기도 했고, 놀랍기도 했다. 내가 들어간 화장실에 있던 그 문구가 뭐라고 내가 그 말대로 했을까? 라는 사실에 내가 우스워졌다. 그리고 화장실 칸에 써져 있는 그 문구하나 때문에 나 또는 우리말을 읽을 수 있는 사람의 거의 대부분이 그 문구에 써져 있는 대로 행동을 하게 되었다는 것에 대해 말 속에는 진짜 보이지 않는 힘이 있을 것이다. 라는 것을 느끼게 되어 무서웠다. 또한, 여태까지 변기에 화장지를 넣으면 변기가 막히게 될 것이라고 굳게 믿어왔던 나는 변기가 막히는 이유가 휴지가 아니라 지갑, 여성용품, 물티슈 등과 같은 것들이라는 사실에 놀라웠다.

게다가 그 문구 하나를 보고 미국, 일본과 우리나라와의 문화적 차이를 느낄 수 있다는 것이 새로웠다. 내가 이 소식을 접하고 느꼈던 것은 우리나라도 인식을 고치고 화장실의 휴지통을 없애고 에티켓 통만 배치했으면 좋겠다. 라는 생각을 했다. 많은 사람들이 지나가는 거리의 놀이터에 있는 화장실을 간 적이 있었는데, 휴지통 때문에 악취가 심했고, 그 휴지통 때문에 위생상태도 좋지 않아 보였기 때문이다.

도시철도공사는 최근 휴지통을 없애는 것을 추진해 오고 있다고 알고 있다. 나는 여태까지 사용해 오던 화장실 휴지통을 갑자기 없애려면 많은 적응 시간이 들 것이라고 생각된다. 하지만 우리가 지금까지 봐왔던 '휴지는 휴지통에' 라는 문구처럼 왜 휴지통이 없어도 되는지에 대해 간단한 문구나 이미지를 부착해 놓는다면 무작정 없애고 난 뒤에 이해시키는 것보다는 더 쉽게 바뀔 것 같다는 생각이 들었다. 우리가 자주 가는 화장실에서도 말의 힘을 알 수 있듯이, 말은 우리에게 없어서는 안 될 소중한 존재라는 것을 다시 한 번 깨닫게 된 것 같다.

'김치녀'…… 성차별 용어 이제 그만!

'암탉이 울면 집안이 망한다.', '여자 팔자는 뒤웅박 팔자', '여자가 울면 3년간 재수가 없다.', '여자 셋이 모이면 접시가 깨진다.', '여자 목소리가 담장을 넘으면 안 된다.' 등의 말을 들어 본 적이 있는가?

앞에 제시된 말들은 양성평등을 저해하는 속담들이다. 이런 속담들의 사용을 이제는 자제해야 한다는 국민 제안이 나왔다. 여성가족부는 지난 7월 한 달 간 정책 포털사이트 '위민넷'과 페이스북 등을 통해 댓글 형식으로 양성평등 실현하는 방안에 대한 의견들을 받았다. 양성평등기본법 시행에 맞춰 시행된 이번 공모에서 전체 450건 가운데 57.8%(260건)는 성(性) 비하·차별 표현을 자제하는 것이 가장 필요하다고 답했다. 일상 생활 속에서 성을 비하하거나 성별 고정관념 표현을 담은 용어와 속담이 계속 사용되면 사람들의 의식에 대한 변화가 생기지 않을 것 같다는 생각이 들어서 인 것 같다. 그래서 우선적으로 사용하지 말아야 한다고 하는 것이다.

이런 사례로 제시된 성 비하 용어들은 여성에 대한 것이 대다수였다. 우선 '김여사'라는 단어는 운전을 잘 못하는 여성을, '김치녀'는 금전적으로 남성에게 의존하려는 여성을 의미하는 말로 쓰이고 있다. 또 '된장녀'는 분수에 넘치게 사치하는 여성을 뜻하고, '여시충'은 여성이 많이 활동하는 포털사이트의 여성회원을 벌레라는 단어를 뜻하는 한자 '충(蟲)'에 비유한 것으로 모두 여성을 차별하며 인격을 깎아 내리고 있는 단어들이다. 특히 최근 소셜 네트워크 서비스(SNS)를 통해 여성에 대한 모멸성 글들이 난무하는 것에 대한 것들이 문제로 지적됐다. 그리고 '암탉이 울면 집안이 망한다.', '여자 셋이 모이면 접시가 깨진다.' 등 양성평등을 저해하는 속담들은 아예 쓰지 말자는 글들도 많았다.

여성 차별뿐 아니라 남성 차별에 대한 문제점을 개선해야 한다는 제안도 나왔다. "결혼에서 남자가 집을 장만하고 여자는 혼수를 준비하는 문화부터 사라져야 한다."며 "결혼은 함께 하는 것이기 때문에 남자와 여자 각자에게 주어진 권리와 의무가 평등해야 한다."는 의견이 있었다. 그리고 '남자가 그런 것도 못해?', '남자가 울면 안 된다.' 등 무심코 뱉은 말이 남성들에게 상처와 차별이 될 수 있다는 지적도 적지 않았다.

나는 우리가 가장 바꾸기 어려운 것에서부터 양성 불평등이 시작되는 것 같다고 생각한다. '언어'라는 것이 바로 그중 하나다. 아무 생각 없이 쓰는 말 한마디로 인하여 대상에 대한 인식이 굳어지게 되고 그게 왜 잘못된 것인지, 왜 한쪽으로 치우친 시각을 포함한 말인지를 모르게 되기 때문이다.

신조어 '할마'와 '할빠'

혹시 '할마'라는 단어와 '할빠'라는 단어를 들어본 적 있는가? 이 단어들은 최근 들어서 새로 생겨났다고 한다. '할마'는 할머니와 엄마를 조합한 신조어이고, '할빠'는 할아버지와 아빠를 조합한 신조어라고 한다. 할아버지, 할머니가 손자를 돌보는 이른바 '황혼 육아'가 늘면서 나온 말이다.

그런데 손자를 돌봐주는 할아버지, 할머니의 대부분은 어쩔 수 없이 돌봐주고 있다는 속마음을 털어놓은 통계가 있다.

지난 2012년 기준 통계청 자료에 따르면, 우리나라의 맞벌이 가정 510만 가구의 절반 정도가 조부모가 육아를 맡고 있다고 한다. 또한 이런 실태는 보건복지부의 전국 보육실태 조사에서도 나타나는데, 맞벌이 부부 중, 자녀를 키우는 데 할머니 할아버지의 도움을 받는 경우가 50%, 워킹 맘의 경우는 아니지만 조부모가 함께 육아를 하고 있는 경우도 10% 정도로 나타났다. 또 외가와 친가 중 누가 아이를 돌봐주는지 물었더니 외할머니, 외할아버지가 자녀를 맡아주는 경우가 48%로 친할머니, 친할아버지가 돌봐주는 경우인 43%보다 높게 나타났다.

일하는 자녀들을 위해 할머니 할아버지들이 손자 손녀를 맡아 키우는 이른바 '황혼 육아'.

다른 사람의 손을 빌리지 않고서는 아이를 키우기가 힘든, 그래서 부모가 노후에 '자식의 자식 농사'까지 맡아야 하는 사회적 여건은 분명 눈여겨 봐야 할 문제이다.

저출산으로 아이를 적게 낳다 보니 그만큼 귀한 손자를 위해 지갑을 아낌없이 여는 할아버지, 할머니가 요즘 육아용품 시장의 큰 손으로 대접받고 있다고 한다. 즉, '황혼 육아족'을 겨냥한 육아용품 시장이 커지고 있다는 것이다. 아이를 위한 각종 육아용품을 한데 모아놓은 박람회가 해마다 수차례씩 열리고 있다. 특히 관람객이 50대 이상인 경우가 해마다 늘고 있다. 한 박람회의 경우 지난 2011년 4천 3백여 명이었던 50대 이상 관람객의 수는 3년 뒤 6천 2백 명으로 증가했다. 게다가 육아용품 시장에서는 손자와 손녀를 돌보는 할아버지와 할머니를 위한 맞춤형 육아용품도 늘고 있다고 한다. 할머니 할아버지들이 유아용품을 사는 큰 손으로 등장하면서 불황과 출산율 감소에도 유아용품 시장은 지난 5년간 1조 원대 시장으로 성장했다. 이렇게 할머니, 할아버지가 육아를 도맡아 하는 경우가 늘다 보니, 요즘 젊은 세대가 쓰는 아기 띠보다는 과거에 써봤던 포대기의 판매량이 급증하고 있는데, 대형 인터넷 쇼핑몰에서 1년 만에 판매량이 두 배 넘게 늘었다. 한때 아이 척추에 안 좋다고 젊은 부모들로부터 외면당했던 보행기도 다시 인기를 끄는 등 육아용품 시장들은 할머니, 할아버지의 '황혼 육아'를 이용하고 있는 셈이다.

게다가 눈에 넣어도 아프지 않은 예쁘고 귀여운 손자 손녀를 할머니 할아버지가 키우다 보니 육체적 정신적 질병을 얻는 등 체력이 따라주지 않는 상태, 이른바, '손주병'이 생기게 된다. 할머니·할아버지가 하루 평균 9시간 일주일에 47시간 아이들을 돌보는 것으로 조사되었는데, 아이를 돌보는 시간이 길어지면서 할머니, 할아버지의 관절 질환도 늘어나고 있다.

특히 쪼그려 앉아서 일을 할 때 무릎 사이 연골 판이 뒤로 밀려나면서 마찰로 인해 연골 판에 손상이 생긴다. 오랫동안 무릎을 굽혀 앉거나 반복적으로 쪼그려 앉는 경우 연골 판이 찢어져 퇴행성관절염으로 이어질 수 있다고 한다.

하지만 맞벌이 부부가 늘고 아이를 키우는 할머니 할아버지가 우리 사회의 한 부분을 차지하는 게 현실이라면 '조부모 육아'의 긍정적인 효과에 대해서도 주목해 봐야 될 것이다.

혹시 '격대교육'이라는 말을 들어본 적 있는가? 할아버지, 할머니가 손자와 손녀를 맡아서 교육하는 방식을 뜻하는 것인데, 조부모가 대를 건너 교육을 맡게 되면 오랜 경험과 지혜를 바탕으로 경험이 많지 않은 부모보다는 아이의 성과에 조급해 하지 않고 더 너그럽게 기다려주는 장점이 있다고 한다. 실제로 미국의 노스캐롤라이나대 연구팀이 조부모와 손자, 손녀의 상관관계를 조사한 결과, 조부모와 자주 접촉할수록 아이의 학교 성적과 성인이 된 후의 성취도가 높은 것으로 나타났다.

또한, 할머니 할아버지들이 손자와 손녀를 돌보면서 느끼는 만족도도 상당했다고 한다. 연세대 아동가족학과의 연구결과 손자를 돌본 경험이 있는 할머니가 그렇지 않은 경우보다 삶의 만족도가 더 높은 것으로 나타났다. 10살 이전의 손자를 돌본 경험이 있는 노인 여성의 삶에 대한 만족도는 100점 만점에 61.07점으로 손자 양육 경험이 없는 여성(57.6점)보다 높았다. 게다가, 손자를 일주일에 10시간 이상 돌볼 경우 인지기능 점수가 그렇지 않은 경우보다 1점 정도 더 높은 것으로 나타났다. 다시 말해 치매 가능성이 낮아진다는 의미이다. 연구팀은 황혼 육아로 양육과정에서 얻게 되는 감정들이 노인들의 정신건강에 긍정적인 영향을 주는 것으로 볼 수 있다고 밝혔다.

나는 '할마'와 '할빠'라는 신조어를 단순히 할머니와 할아버지의 측면에서만 바라보지 말고 할머니와 할아버지에게 육아를 맡길 수밖에 없는 워킹맘들의 측면도 생각해 주어야 한다고 생각한다.

　워킹맘들은 공평한 역할 분담이나 제도적 뒷받침이 충분하지 못하여 사회생활과 육아를 병행하는 데 큰 어려움을 느끼고 있다. 워킹맘에 대한 가사와 육아 및 사회 활동마저 완벽해야 한다는 주변의 바람과 사회적 시선은 부담을 가중시키게 된다. 이로 인해 유발된 스트레스는 심리적 및 신체적으로 해로운 영향을 미치며, 여성은 물론 가족의 건강까지도 위협하게 된다. 또한 어린 아동을 보육 시설이나 대리 양육자에게 맡기는 워킹맘들은 아이의 안전을 걱정하여 조직에 몰입하기 어렵거나 심리적 고충이 있으며, 늘 시간이 부족하고 정신적 여유가 없는 불안정한 삶을 경험한다.

　이러한 결과는 한국의 여성 취업률이 20대에는 높게 나타나지만 결혼과 양육이 맞물리는 30대에 떨어졌다가 40대 초반에 다시 높아지는 M자형 구조를 통해서도 짐작할 수 있다. 즉, 30대의 어린 아동을 둔 여성들은 경제 활동을 하고 싶어도 가사와 육아로 인하여 직장을 그만두는 경우가 대부분이므로 어린 아동을 둔 워킹맘의 부담감이 적지 않은 것으로 예상할 수 있다.

　나는 앞 글에서 성차별 용어인 '김치녀'와 같은 신조어를 지양했다. 하지만 '할마'와 '할빠'라는 신조어에는 아들, 딸들을 다 키우고도 손자를 또 키워야 하는 할머니, 할아버지의 고충과 할머니, 할아버지에게 손자를 맡길 수밖에 없는 워킹맘들의 현실, 그리고 이 사회의 현실이 반영되어 있는 것 같아서 이런 신조어에 대해서는 지향하는 입장이다. '할마'와 '할빠'라는 단어 하나에서 할머니, 할아버지의 입장과 워킹맘들의 입장까지 떠올릴 수 있게 하고, 이것이 우리 사회를 변화시키게 한다면 이런 신조어에 대해서는 긍정적인 입장이다. 나의 편의를 위해서 신조어를 무분별하게 창조하는 것이 아니라 사회의 저편에 숨어 있는 이야기를 재조명할 수 있는 단어들이 생긴다면 우리 사회는 우리가 사용하는 말로 인해 더욱 아름다워지지 않을까?

언어는 문화에 영향을 주고, 문화도 언어에 영향을 끼친다.
우리 삶에 없어서는 안 될 존재들인 언어와 문화 포춘 쿠키 속에서
그대의 삶 속에 숨겨진 무지갯빛의 의미를 찾기 바란다.

세계의 경제, 내 손 안에 담아 I

오자영

세계는 빠르게 변화하고, 흘러가고 있다. 그런데 그 모든 변화의 중심에는 경제가 빠질 수가 없다. 경제는 아주 사소하다고 느낄 수 있는 근처 가게의 음식 가격 변화부터 전 세계적인 세금 문제까지 모두 아우르며 우리의 삶과 밀접하게 관련되어 있다. 나는 경제의 이러한 면이 마음에 들었고, 자연스럽게 관심을 갖게 되었다. 그러다 인문학적인 글을 쓸 수 있는 기회를 얻었다. 경제에 관한 내용을 말이다. 최근에 가장 이슈가 되는 부유세, TPP, 최저임금 인상, 외환 시장 개입, 파견 근로 확대에 관한 글을 쓰며, 이전까지는 알지 못했던 새로운 정보를 알게 되었고, 자료를 찾고 조사하는 과정에서 나의 성장을 느꼈다. 세계의 경제에 다가가며 나만의 진로를 설계하고 미래를 디자인할 수 있는 소중한 경험이었다. 이제는 나와 상관없는 경제가 아닌 내 마음 속의, 내 손 안의 경제라고 말할 수 있을 것이다.

PPT가 아니라 TPP요?
TPP가 뭐예요?

PPT(Power PoinT)를 잘못 이야기한 게 아닌가 싶은 이 제목이 무엇일까? 환태평양경제동반자협정(TPP)이란 아시아와 태평양 지역의 경제적인 통합을 목표로 하여 뉴질랜드, 싱가포르, 칠레, 브루나이 등의 국가가 2005년 6월 협상한 다자간 자유무역협정이다. 이후 2008년 미국이 참여하고 2013년 일본이 참여하여 총 12개국이 협상에 참여하고 있다.

이렇게 환태평양경제동반자협정은 굉장히 큰 시장이다. 그런데 이러한 TPP로 형성된 거대한 시장에 우리나라가 빠져서 문제라는 이야기도 많았다. 하지만 우리나라는 단순하게 협상에 참여하는 것이 아니다. 한 학기가 지나서 친구들끼리 서로서로 적응한 새 학교에 나 홀로 전학을 가듯, 이미 만들어진 협상 틀에 가입하는 터라 기존 12개국 간 협상 결과를 전적으로 받아들여야 하고, 이렇게 되면 우리에게 부정적인 영향이 적지 않은 것이 바로 이 협정이다.

첫 번째로, TPP에 참여하면 우리 먹거리의 생산기반과 안전기준이 위협받을 가능성이 높다. TPP에 가입하게 된다면 당사국들은 쌀 시장을 추가적으로 개방하도록 요구할 것이다. 최근 미국 정부 관계자가 한국이 TPP에 가입하려면 쌀 수입시장의 문턱을 낮춰야 한다고 말한 적이 있다고 한다. 우리 정부가 설정한 쌀 관세율을 낮추든지, 자국산 쌀 수입을 늘리라는 요구를 TPP 협상 참여국인 베트남, 호주 등도 제시할 것이다. 이런 혼란스러운 와중에 일본은 자국산 수산물에 대한 수입 금지 조치 해제를 요구할 가능성 역시 높다.

두 번째로, 우리가 TPP에 서둘러서 참여하더라도 크게 얻을 것이 없고, 나중에 참여하더라도 잃을 것이 별로 없다. 오히려 지금 참여하면 우리 사회가 떠안아야 할 부담이 많이 있다. TPP 참여에 따른 편익을 좀 더 정확하게 생각해 보고 실익에 확신을 가질 수 있을 때 참여해야 한다고 생각한다. 한국은 일본, 호주, 캐나다, 멕시코 등과 이미 수년 동안 FTA 협상을 진행하다 입장 차이를 좁히지 못해 협상을 중단한 경험이 있었다. TPP에 참여하면 이들 국가와 FTA 협상을 한꺼번에 타결해야 하는 것과 같은 큰 부담이 생긴다.

마지막으로 TPP에 참여해야 한다는 주장의 한 가지 예로 원산지 기준 통일과 누적 기준을 제시하고 있다. TPP 원산지 규정상 어떤 국가의 기업이 다른 나라에서 생산한 원자재도 해당국 생산으로 인정받을 수 있어 유리하다는 것이다. 물론 기업의 FTA 활용에서 가장 큰 문제가 원산지 기준이므로 이 점은 공감을 얻을 수 있다. 하지만 원산지 기준은 각각의 산업별, 국가별, FTA 상대별로 다르게 정해질 수밖에 없다. 특정 산업이 특정 FTA 아래에서 정한 원산지 기준도 세계 산업 환경 변화에 따라 유동성을 가지고 바뀔 수밖에 없다. 예컨대 미국이 직접 나서서 몇 개 품목에 대해 단일 원산지 기준을 도입할 수 있다. 농산물 같은 품목은 '완전생산기준'이 적용되므로 단일 기준 도입이 역시 가능하다. 이런 품목에 대해 TPP가 동일한 원산지 기준을 도입할 수 있지만 우리나라가 주로 수출하는 자동차, 전기전자 등 제조공정이 복잡한 품목은 가능하지 않다.

또한 TPP에 대한 참여는 그저 단순한 경제협정이 아니라 '중국포위 경제동맹'이라는 외교안보적 성격도 띄고 있다는 분석이 주를 이룬다. 현재 동북아는 미국의 아시아 중시 외교와 중국의 방공식별구역 선포가 날카롭게 부딪히며, 하루가 멀게 요동치는 상황이다.

그동안 한미동맹에 계속해서 의존해 온 우리로서는 한 · 미 · 일 삼각 동맹을 통해 중국을 관리하려는 미국의 요청을 거절하기도 난처한 입장이긴 하지만 그렇다고 해서 중국 경제에 기대고 있는 현실도 외면할 수 없는 상황에서 섣불리 TPP에 참여하는 것은, 우리의 외교적 부담만 가중시킬 우려가 있다는 것이다.

즉, TPP는 경제는 물론 나라의 장래와 국민들에게 직접적으로 막대한 영향을 끼치는 문제인데다 한번 체결하면 거의 되돌릴 수 없는 만큼 성급하게 결정하지 말고 시간을 갖고 경제 · 외교안보적 득실을 면밀히 따진 뒤 그 결과와 국민의 뜻에 따라 결정해도 늦지 않다는 지적이다.

금리는 인상해야 할까요,
인하해야 할까요?

금리는 신문, 광고, 은행 등에서 익히 들어서 너무나 익숙한 단어인 만큼 중요한 의미를 담고 있다. 금리는 한마디로 '이자'이다. 시장에서 음식을 하나 살 때에도 그에 맞는 가격이 있듯이 돈을 빌려주고 또 받는 금융시장에도 가격이라는 게 형성된다. 이런 금융시장에서 자금을 가지고 있는 사람에게 자금을 빌리면 그에 대한 지급하는 이자금액이나 이자율을 금리라고 한다. 현재 우리나라에서는 한국은행이 이자율을 높이고 또 내려서 통화량을 조절한다.

금리가 낮아지면 어떻게 될까? 긍정적인 시선으로 금리 인하를 먼저 바라보자. 금리가 낮아지면 은행에서 받는 이자가 줄어들게 된다. 그러면 사람들은 은행에 돈을 맡기기보다는 다른 방향으로 돈을 사용하고 투자하여서 시중에 돌아다니는 돈이 늘어나게 된다. 통화량이 늘어난다는 뜻이다. 그런데 부정적인 시선으로 금리의 인하를 보면 이자가 줄어들어서 소득이 줄어들고 이는 빚의 증가로 연결될 수 있다는 점을 이야기한다.

그런데 최근에 미국이 금리를 인상했다는 소식을 뉴스를 통해 한번쯤은 접한 적이 있을 것이다. 지난 2015년 12월에 미국의 기준 금리가 인상되었다. 미국은 왜 금리를 인상했을까? 가장 주된 이유는 미국 내에서 물가의 지수를 유지하기 위해서이다. 2008년에 있었던 글로벌 금융위기 이후에 미국은 경기를 살리려고 제로 금리 정책을 실시하였고, 이로 인해 시장에는 통화량이 방대하게 공급되었다. 돈이 시장에 마구 돌아다니자 돈의 가치, 즉 화폐의 가치가 떨어졌다. 그래서 물가 수준이 아주 높은 비율로 계속해서 오르는 현상인 인플레이션이 일어날 가능성이 생겼다. 이러한 상황 때문에, 미국은 금리를 올려서 통화를 다시 회수하여 물가를 유지하려고 한 것이다.

우리나라 역시 금리를 인상하는 쪽에 방향을 맞추고 있다. 2016년부터 인플레이션이 상승하기 시작할 것이라는 전망에 발을 맞춰서 걷는 것이다. 그리고 금리를 천천히 완만하게 인상시키다가 나중에 갑작스럽게 인상이 되면 받는 충격이 상당하다. 그렇기 때문에 현재 금리를 인상하는 편이 충격을 완화할 수 있는 대안이 될 수 있다.

또한 우리나라의 금리가 제로 수준에 있게 된 지 약 7년이 되었다. 이렇게 계속 해서 금리의 수준이 제로에 머물러 있게 된다면 금융 자산들의 가격이 상승하게 되고 생산 활동과 관계없는 이익을 추구하는 투기까지 발생할 것이다. 따라서 지금 금리를 인상해서 불안한 조짐을 가라앉히는 편이 좋다.

금리 인하는 현재 얻는 것보다는 잃는 게 많다. 왜냐하면 완화정책을 자유롭게 펼치는 선진국과는 다르게 대한민국은 여러 부채들과 자본이 유출될 수 있다는 가능성이 크기 때문이다. 금리를 인하하면 내수가 살아날 가능성은 희박해 보인다. 소득은 상승되지 못하고 생활을 유지하는 데에 드는 비용이 만만치 않기 때문에 소비 중심의 경제활동은 이루어지지 않을 것이기 때문이다. 그리고 금리를 추가로 인하하면 우리나라의 자본들이 극심하게 유출될 것이다.

전 세계의 경제에 영향을 주는 미국도 금리를 인상한 상황에서 혹시나 발생할 수 있는 외환위기 문제에 대비하고 여러 리스크에 대비해야 할 필요성이 더 커지고 있는 상황이다. 다른 선진국의 금리 정책을 무조건적으로 따라가지 말고 정책에 대한 예측과 신뢰성을 높이는 데 힘써야 한다. 국가 내부적으로 투자를 하는 환경들을 좋은 환경으로 변화시키는 등의 방안을 활용하여 경제를 활성화시키고 침체되지 않도록 각별히 신경 써야 할 것이다.

근로자들의 생활을 보장하기 위한 임금,
최저임금

최저임금이란 일을 하는 근로자들의 인간다운 삶과 생활을 보장하기 위해서 국가가 직접 임금의 최저기준을 정해놓고 사용자에게 그 지급을 강제적으로 시행하는 임금을 말한다. 정부는 임금의 최소한의 수준을 정하여 당사자가 자율적으로 임금을 정하더라도 이 최저기준을 도달하지 않으면 자동적으로 정부가 정한 최저수준의 임금을 강제로 주도록 하여 근로자의 생활이 안정되고 노동력이 질적으로 향상될 수 있게 하였다. 이를 통해 국민경제의 건전한 발전에 이바지하도록 하고 있다. 그런데 그동안 수출하는 큰 대기업을 위해서 최저임금을 계속해서 누르고 억제해 왔다. 유럽의 경우는 최저임금이 노동자 평균임금의 60% 정도라고 한다. 반면에, 우리나라는 34% 정도로 너무나 낮은 실정이다.

지구촌 각국이 현재 최저임금을 인상하고 있는 상황이다. 중국은 2013년 27개의 시의 최저임금을 인상했다. 또한 미국 오바마 대통령은 최저임금을 시간당 10.10달러로 올리는 행정적인 명령을 내렸다고 한다. 그리고 독일 역시 2015년부터 시급을 8.5유로로 인상하여 시행하기로 하였다. 이외에도 캄보디아, 인도네시아, 베트남, 태국은 최저임금을 큰 폭으로 올리고 있다. 세계 여러 곳에서 최저임금을 인상하여 경제를 살리려고 열을 올리고 있는 추세에 한국만 벗어나는 것은 오히려 독이 될 수 있다. 이러한 국제적 흐름을 우리도 타야 하는 상황이 아닌가 싶다.

두 번째로, 요즘 경제체질을 바꾸자는 논의가 하나 둘씩 고개를 들고 있다. 수출만으로는 더 이상 성장이 어렵기 때문이다. 그래서 내놓은 대안이 '내수 증대'다. 수출과 내수의 균형적인 성장정책을 펼쳐야 한다는 주장이 계속해서 힘을 얻고 있다. 우리나라의 내수는 외국에 비해 2분의 1도 안 되는 비정상적이고 기형적인 시장구조이다. 내수를 확 끌어올리기 위해서는 서민들의 주머니 사정이 좋아져야 한다. 지난해 세월호 사건 이후 계속 침체되는 국면을 벗어나지 못하고 있는 경국 내 경기를 되살리기 위해서는 내수 진작 밖에 없다. 서민들의 주머니 사정이 좋아져야 외식을 하고 옷도 하나 더 사게 되고 한 번 더 소비하여 결국에는 내수가 좋아지기에 최저임금을 올려야 한다.

세 번째로, 노동소득 분배율의 상승이 내수 확대의 원천이 되어서 경제 성장과 고용 증대를 가져올 것이라고 주장한다. 임금이 인상되면 소비가 늘고, 소비가 늘면 기업이 생산을 늘리고 시설투자를 확대하게 된다. 이런 현상을 경제의 선순환이라고 말한다. 내수 확대에는 고임금계층보다 소비성향이 높은 저임금계층의 임금 인상이 더 큰 역할을 하기 때문에 정부는 중소기업 근로자나 비정규직 등 저임금계층의 임금 인상에 중점을 둬야 한다.

재계 입장에서 유리한 부분에 대해서는 OECD 기준을 논하면서 정작 OECD 꼴찌 수준인 최저임금에 대해서는 왜 함구하고 있는지 약간의 의문이 든다. 기업환경은 선진국화되었지만 노동자들의 임금 수준은 그에 맞지 않는 만큼 최저임금은 인상하는 것이 현명한 선택일 것이다.

그런데 최저임금 인상은 대기업의 반대를 어떻게 극복하느냐가 문제다. 그래서 평균 임금 인상이 경제 전체에 미치는 영향을 면밀히 검토해야 한다며 신중한 입장을 보이고 있다. 앞으로 최저임금위원회에서 사용자와 근로자 사이에 최저임금 인상을 놓고 충돌할 것으로 보인다. 특히 수출하는 비중이 큰 대기업과 갈등이 없을 수 없다. 앞으로 이에 대한 해결방안을 찾으며 나아가야 할 것이다.

파견근로, 어떻게 해야 할까?

파견근로란 파견사업주가 근로자를 고용하고 그후에 고용을 한 상태를 유지하면서 계약 내용에 따라서 사용사업주의 지휘에 따라 사용사업주를 위해 근로를 하게 하는 것을 말한다. 파견근로와 비슷한 비정규직으로 고용하는 형태의 일은 사내하도급이 있다. 그런데 사내하도급과 파견근로는 엄연한 차이가 있다. 사내하도급이 일감을 받은 고용주에게 일의 지휘권이 있다면, 파견근로는 다른 사용사업주에게 있다. 나는 파견근로를 확대하면 많은 문제들이 발생할 가능성에 집중해 보았다.

우선 불법 파견과 사내하도급을 더욱 강력하게 규제하지는 못할망정, 파견 허용 업종을 더 확대하면 '노동시장 양극화 해소'는 절대 이룰 수 없다. 대기업을 중심으로 파견, 사내하도급이 파다한 현 시점에서 파견을 허용하는 업종까지 늘리면 비정규직 근로자는 더욱 많아질 수밖에 없다. 고용노동부에 따르면 근로자 300인 이상 대기업 근로자 459만 명 중 파견, 하도급 등 간접고용 근로자는 92만 명(20%)에 달한다. 여기에 직접고용 근로자의 22.9%에 이르는 기간제 근로자까지 더하면, 대기업 근로자 10명 중 무려 4명이 비정규직이다.

파견업종의 확대는 사용하는 사업주가 단지 비정규직의 한 형태로 파견근로자를 채용함으로써 임금 등의 노동비용을 줄이고 구조조정 등을 손쉽게 하기 위한 의도로 근로자파견이 남용될 우려도 있다. 고용유연성이 파견근로자의 고용불안을 야기할 것이라는 이야기이다. 노동계 관계자는 "경영계가 말하는 해외 파견근로자의 사례와 국내의 파견근로자와는 구조와 임금체계부터가 다르다."며 "기업은 비정규직에 대한 처우에 대해서는 고려하지 않고, 비용절감을 이유로 파견업종 확대에만 초점을 맞추고 있다."고 지적하였다.

또한 중간착취가 더 심해질 것이다. 근로자 파견이라는 것은 파견사업주가 별도의 자본을 두지 않고 사용사업자와 파견근로자의 사이에서 파견근로자가 일하고 그에 대한 대가를 일정한 비율씩 취득하여 가는 것이기 때문에 속성상 중간착취의 본질이 없을 수 없다. 또 상당수의 파견근로자들이 이미 임금체불, 과다한 수수료, 파견계약의 중도해지 등을 경험하고 있다.

그리고 파견근로자의 노동 3권이 제대로 보장되지 못하고 있다. 노조가 만들어져서 활동하는 파견기업체는 거의 없으며, 파견되는 근로자들이 사용사업장 노조의 조합원 대상이 아니기 때문에 노조에 가입을 하거나 독자적으로 노조를 결성하는 것이 불가능한 실정이다. 일부 사용사업자의 노조가 파견근로자들을 조직대상으로 하여 파견근로자의 정규직화를 내세우고 투쟁하는 곳도 있긴 하지만 그것은 극히 드문 경우에 해당한다. 한편 노조에 가입하거나 노조를 결성하는 파견근로자들은 사용사업자가 파견기간이 끝난 후에도 재계약을 하지 않겠다고 말하며 파견업체에 대하여 실질적인 불이익을 가하고 있는 실정이다.

이러한 열악한 근무 환경에 놓인 근로자들을 위해서 복지제도를 개선하고 발전시킬 구체적인 방안도 없이 막연히 파견근로를 확대하는 일은 노동자들의 복지 상황을 더욱 악화시킬 뿐이다. 이미 도급 등의 형태로 간접 고용자들이 많이 고용되고 있다. 이런 상황에서 파견근로를 확대하는 것은 단순히 이러한 노동자들을 대체하는 방법인 것이지, 이것이 실질적으로 일자리 창출의 효과를 볼지는 의문이 드는 부분이다.

부유세, 부자들이 내는 돈인가요?

　신문을 읽거나 뉴스를 보다 보면 부유세라는 단어를 한번쯤은 읽어보고 들어봤을 것이다. 하지만 막상 부유세가 무엇인지 정확하게 알고 있는 사람은 몇이나 될까? 부유세에 대해 잘 모르는 사람에게 부유세가 뭐냐고 물어보았다. 돌아오는 대답은 가지각색으로 다양했지만 대부분 이런 맥락의 이야기였다.

　"부유세? 부자들이 내는 돈인가요?"

　부유세란, 일정액 이상의 자산을 보유하고 있는 사람에게 비례적 또는 누진적으로 과세하는 것을 말한다. 무슨 말인지 여전히 잘 모르겠다는 표정을 짓고 있는 분들을 위해 쉽게 이야기하자면 '많이 가진 사람이 세금을 많이 낸다.' 라고 설명할 수 있겠다. 돈이 많은 부자가 세금을 많이 낸다는 것은 어찌 보면 당연한 이야기처럼 들릴 수도 있다. 또한 빈부격차가 극심해져 가고 있는 현실에서 부유세는 좋은 해결책처럼 보인다.

　그런데 이 문제를 현실로 가져왔을 때에 과연 부유세의 긍정적인 측면이 부각될 수 있을까? 부유세가 긍정적인 측면, 부정적인 측면 모두를 양립적으로 가지고 있겠지만 나는 부유세가 가진 많은 부작용과 문제점을 중점적으로 생각하고 있다. 부유세는 실용적인 면에서 현실적으로 굉장히 적용이 힘들고 많은 부작용과 문제를 야기할 소지가 크기 때문에, 나는 부유세 도입이 과연 현명한지 의문을 제기하는 바이다.

첫 번째로, 부유세가 도입되면 막대한 세금을 피하기 위해 국내의 자금들이 해외로 유출될 가능성이 매우 크다. 과거 스웨덴의 '이케아'라는 기업은 부유세로 6천 400억 원이라는 엄청난 세금을 감당하지 못하고 스웨덴에서 다른 국가로 도피하였다. 그리하여 스웨덴은 자금의 규모로 200조 원이라는 국가적인 손실을 입었다. 이는 국내 자금 유출의 심각성을 보여주는 한 가지 사례이다. 또 외국인들이 국내로의 투자를 기피하고 부유세를 적용하지 않는 다른 경쟁국가로 투자를 돌릴 것이다. 그리고 저축하기보다는 빚을 내어 소비하는 풍조가 확산될 가능성이 크다. 이렇게 되면 금융시장이 불안해지고 투자가 감소하여 경제가 위축되어 실업자가 늘어날 것이다.

두 번째로, 세금을 더 걷어서 빈곤층에게 복지를 확대하여 빈부격차를 완화하기 위해 부유세를 도입해야 한다고 주장하는데 이는 실현되기 어렵다. 부유세 과세를 하여 얻어진 세수가 복지 정책으로 완전하게 실현될 수 있는지 현실적으로 보장되지 않는다. 부의 재분배를 위해 부자들에게 세금을 걷어 상대적인 저소득층에게 재분배를 하지만 실제로 부유세를 걷는 만큼의 불평등이 해소되고 확연하게 개선되는 효과를 얻을 수 있는지는 불투명한 사실이다. 또한 부유세가 결과의 평등을 야기할 수는 있을지는 몰라도 시행하는 여러 상황에서 과정적으로의 평등은 아니게 된다.

마지막으로, 부유세는 개인이 보유한 총자산에서 총부채를 차감하여 과세를 하는데, 총자산을 파악하는 데 있어, 부동산이나 금융자산 등은 파악이 용이하다. 하지만 가진 돈으로 비싼 그림들을 잔뜩 사서 집에 꼭꼭 숨겨둔다면 어떻게 그 자산들을 모두 파악할 수 있을까? 골동품, 귀금속, 저평가될 수 있는 주식, 해외 부동산, 해외 금융자산의 파악 등은 본인의 자발적인 신고 없이는 정확한 파악이 어렵다. 따라서 파악이 용이한 부동산이나 금융자산 등은 소유한 사람은 파악이 어려운 골동품, 귀금속을 보유한 사람보다 세금을 많이 내는 문제가 발생한다.

부유세 시행의 결과를 우리나라의 역사를 통해 알아볼까? 조선시대에는 현대의 부유세와 비슷한 대동법이 있었다. 당시의 왕은 하위계층인 백성들을 위한 정책을 펼치기 위해 관리들에게 있는 만큼 더 걷는 대동법을 실시하였다. 하지만 대동법은 그 당시의 관리들에게 엄청난 반발을 샀고 극적으로는 입궁 거부까지 이어졌다. 결국에 이 대동법이 실시되기까지 100년이라는 시간이 걸렸고, 그후에도 제대로 법이 실행되지 않았다.

조선시대 때에는 입궁 거부에서 끝났지만 현대로 보게 된다면 자칫 재산은닉 및 해외 도피 등을 유발해 세원을 고갈시킬 수 있을 것이다. 부유세를 실행하기까지 많은 자본과 시간, 반발을 살 텐데 부유세를 실행하는 것보다 다른 측면으로 다가가는 것이 더 효율적이지 않을까라는 생각이 든다. 또한 부유세를 실시하는 이유 중 하나가 소득과 부의 불평등이 해결된다고 하는데 부유세를 실시한다고 해서 근본적인 소득과 부의 불평등은 해결되지 않는다. 국가가 부유세로 걷은 세금을 오로지 복지자금으로만 가서 국민들의 복지를 위해 쓰이기는 어려울 수 있다.

"내가 열심히 일해서 번 돈인데, 왜 나만 돈이 많다고 세금을 많이 내야 하지?"

부자의 입장에서 봤을 때에는 서민과는 반대로 역차별을 당하면서 국가에 돈을 낼 대로 내고 정작 돈을 낸 만큼 얻는 것이 없기 때문에 이 관계가 절대 평등하다고 할 수 없는 상황이 벌어질 수도 있다. 부자들은 이미 많은 분야에서 세금을 내고 있다. 거기에서 더 무리를 해 세금을 걷는 것은 더 많은 황금알을 얻기 위해 거위의 배를 자른 부부의 어리석은 행동과 같다고 본다.

왜 기업은 사회적 책임(CSR)을 다하나요?

　필기구가 필요하면 문구점에 가서 구입하고, 배가 고프면 맛있는 음식을 사먹는다. 이렇게 자유롭게 경제활동을 할 수 있는 우리나라에서는 매일 많은 사람들이 소비하고, 생산하며 살아간다. 소비자는 자신이 원하는 물건을 합리적으로 소비하고, 생산자는 자신의 경제적 활동을 통해 이윤을 남기기 위해 경제 활동을 한다. 그리고 기업은 경제적인 이윤 추구를 궁극적인 목적을 두고 활동을 한다. 기업들은 경쟁을 통해서 질 좋은 상품을 만들고 더 좋은 서비스를 제공하는 등, 긍정적인 발전을 거듭한다. 그런데 현대 사회에 기업에게 사회적으로 공헌해야 한다는 사회적 책임이 부각되고 있다. 따라서 다양한 기업들이 환경적으로, 또는 사회적으로 사회적 책임 활동을 하고 있다. 여기서 기업의 사회적 책임은 무엇이고, 기업의 사회적 책임이 필요한 이유는 무엇일까?

　책임이 필요한 이유를 살펴보기 전에 먼저 기업의 사회적 책임이 무엇인지 알아보자. 기업의 사회적 책임(Corporate Social Responsibility)이란 기업이 계속해서 유지되기 위해 이윤을 추구하는 것 이외에도 윤리를 따르고 사회의 일원으로서 지역사회 공헌, 고용, 환경적인 대책 등의 사회적 측면까지 고려하여 사회에 대해 일정한 책임을 지고 환원하며 바람직한 정책을 수립하고 행동하는 것을 말한다.

그렇다면 기업은 이런 활동을 왜 하는 것일까? 최근 들어 기업의 사회적 책임이 더 부각되는 이유는 소비자의 의식 변화를 들 수 있다. 기업은 사회적 책임을 위해 환경 보호, 인권 보호, 사회적 약자에게 일자리 제공, 사회적 서비스 제공 등 굉장히 긍정적인 일들을 한다. 기업이 이러한 활동을 하면 소비자들은 그 기업에 대해 호의적이고 긍정적인 이미지를 갖게 되고 소비자의 선호를 불러와서 소비 현상과 맞물리게 된다. 이는 곧 매출의 상승과도 직접적으로 연결될 수 있다. 이렇게 되면 기업 역시 이윤 추구라는 궁극적인 목적도 달성하게 되는 것이다. 사회적 책임 활동은 소비자가 해당 제품을 더 소비하게 할 뿐만 아니라 기업들에 대한 더 좋은 투자까지도 유도할 수 있다.

또한 단기적으로 보았을 때는 기업의 사회적 책임이 이윤을 남기는 활동이 아니더라도 멀리 내다보았을 때 다양한 효과를 기대할 수 있다. 앞서 언급했던 기업의 이미지 상승뿐만 아니라 기업의 경쟁력도 높아질 수 있다. 또한 기업에서 일을 하는 사람들의 자부심이 증대될 수 있고 뛰어난 인재를 얻을 수 있는 좋은 발판이 될 수 있다. 마지막으로 기업이 위기의 상황에 몰리거나 곤경에 처했을 때도 그것을 1차적으로 막아주는 역할도 기대할 수 있다.

그런데 기업이 사회와 어떠한 연관이 있기에 얻은 이익들을 돌려주고 책임을 다하는 것일까? 기업과 사회는 함께 살아가는 공생관계에 있다. 이윤의 창출을 위해 기업이 활발하게 활동하여 경제의 활성화가 이루어진다. 그러나 기업이 발전하는 것은 분명히 기업의 엄청난 노력이 있었겠지만 오로지 그 기업 혼자만의 힘으로 이루어 낸 것은 아니다. 만일 사회가 제 역할을 하지 못한다면 기업은 부정적인 상황에 처할 수밖에 없다. 반대로 사회가 잘 돌아가면 기업은 긍정적인 영향을 더 받을 수 있다. 그렇기 때문에 기업이 얻은 이익들을 사회에 환원하고 부의 재분배에 대한 책임을 하면서 선순환적 구조가 나타날 수 있다.

　세계 각국의 기업들은 여러 가지 방법으로 사회 공헌 활동을 하고 있다. 물론 기업이 긍정적인 이미지와 홍보를 겸한 마케팅을 목적으로 이런 활동들을 진행할지라도 환경적, 사회적으로 긍정적인 효과가 많이 발생하고, 도움이 필요한 사람들에게 여러 가지로 지원을 해줄 수 있기 때문에 앞으로 더 많은 기업들이 글로벌한 세계 속에서 좋은 선순환을 만들어 갔으면 좋겠다.

외환시장,
정부가 개입하는 것이 좋을까?

　외환시장에 대해 이야기하기 전에 먼저 환율에 대해 알아보자. 환율이 무엇일까? 환율은 우리나라 돈과 다른 나라, 즉 외국 돈과의 교환하는 비율을 말한다. 쉽게 예를 들면 이해가 잘 될 것이다. 내가 일본에서 라멘을 사먹으려면 세종대왕님이 계신 우리나라의 돈이 아니라 일본의 돈이 필요하다. 우리나라 돈 얼마가 있어야 일본의 라멘을 사먹을 수 있는지가 바로 환율이다. 환율이 높아진다는 건 외국 돈의 가치가 상승하는 것이고, 반대로 환율이 떨어지는 것은 외국 돈의 가치가 하락하는 것을 말한다. 이쯤에서 외환시장으로 돌아와 보자. 벌써 눈치 챈 사람도 있겠지만 이렇게 외국의 돈을 사고파는 곳을 외환시장이라고 한다.

　환율은 일반적으로 외환에 대한 수요, 공급에 의해 외환시장에서 정해지지만 이를 시장에만 맡겨둘 경우 여러 국가들 사이에 단기적인 자본이동 등에 의해서 환율이 굉장히 불안정하게 움직일 수 있을 뿐 아니라 기본적인 경제 여건을 많이 벗어남으로써 경제에 관한 부작용을 초래할 가능성이 있다. 이에 따라 각국의 중앙은행은 급격하게 달라지는 환율의 변동을 완화하고 환율의 일정한 적정 수준을 유지할 목적으로 외환시장에 참여하여 외환을 사고파는 경우가 있는데, 이를 외환시장 개입이라고 한다.

그런데 최근 외환시장에 대해 과도한 개입으로 여러 부작용이 발생하고 있다. 그렇다면 외환시장에 개입해야 할까?

첫 번째로, 소위 저환율의 부작용으로 자주 지적되었던 수출 감소, 수입 증대라는 도식적인 공식이 최근에는 많이 변화했음을 강조한다. 기업들의 해외 생산이 예전과 다르게 크게 증가한데다 국내 수출기업들 중 상당수가 환율 하락에 대한 대비를 이미 많이 해두어서 전처럼 환율 하락으로 인한 타격이 그리 크지 않다는 것이다. 오히려 원화 가치가 상승함에 따라 침체에 빠진 내수를 살릴 수 있다는 주장이 새롭게 설득력을 얻고 있다.

두 번째로, 정부의 환율 하락을 막기 위해 개입한다면 그에 따른 비용이 생기고, 세수 충당도 생길 수 있다. 고환율 정책의 수혜를 입은 기업들은 높은 수익을 올렸으나, 기업과 가계 간 소득불균형은 극심해지고 내수부진도 장기화되었다. 그러나 원화의 강세는 내수에 긍정적으로, 수입물가 하락을 통해 가계의 실질적인 구매력을 높이고 투자에도 도움이 되고 있다. 그리고 투기세력 등에 의해 외환시장의 변동성이 너무 커지면 실물경제에도 부정적인 영향을 줄 수 있다. 불확실성을 떨어뜨리기 위한 정부의 외환시장 미세조정은 필요할지도 모른다. 외환시장 개입에 따른 비용은 외환시장 안정을 위해 우리가 부담해야 할 비용이지만, 너무 과도한 개입으로 비용이 커지면 결국 세수로 충당해야 하는 것은 불가피한 요소다.

마지막으로, 환율하락에 대해 정부가 무리하게 개입하면 경제에 해가 될 수 있다. 기축통화국인 미국도 달러 가치가 정상적인 수준을 벗어날 때 시장에 달러 발행물량을 조절함으로써 시장에 개입하고 있다. 하지만 그러한 개입이 너무 무리한 수준이어서 경제에 해가 될 때가 있다는 것이다. 환율하락 효과를 일방적으로 해석하면 시장에 공포가 생겨나고, 외환당국의 과도한 개입을 유도하게 될 수 있다. 먼저 원화강세에 따른 수출 감소 우려는 늘어난 부분이 있으며, 국내 제품의 품질 경쟁력 극대화, 해외생산 비중 확대, 주요국 경기 회복세 등으로 인해 원화강세의 부정적인 효과는 많이 사라지고 있다. 외환위기 이후 국내 기업들은 결제통화를 다양화하고 환위험 해지도 강화한바 있다. 삼성전자의 경우 달러화 외에도 엔화, 유로화, 루블화, 위안화 등 결제통화를 다변화했으며, LG전자도 미국, 네덜란드, 중국, 싱가포르 등에 해외 금융센터를 세운 바 있다.

사실 외환시장을 완전히 방치하는 국가는 거의 없다. 반면 정부가 시시콜콜 시장 변화에 따라 그때그때 개입하는 나라 역시 찾아보기 힘들다. 결국은 어느 정도에서 정부가 큰 무리 없이 시장에 개입해 외환시장의 안정성과 유동성을 확보하느냐 문제다. 물론 현실적으로 어떤 때에 어느 정도 수준에서 정부가 개입해야 하는지에 대해서는 정답이 있을 수 없다.

정부의 외환시장 개입은 유연하고 탄력적인 대응을 할 필요가 있다. 다만 정부의 외환시장 개입 가능성이나 필요성이 전보다 많이 떨어진 것만큼은 부인할 수 없다. 한편으로 원화 강세는 한국의 경제력이 그만큼 강해졌다는 증거이기도 하다. 정부나 기업 모두 환율 변동에 좀 더 유연한 그런 자세가 이제는 필요해 보인다.

돌고 도는 경제, 어렵게만 느끼지 말고 관심 갖고 바라보면
그 속에서 행운의 종이를 얻고 무지개 빛깔을 느낄 수 있을 거예요!

세계의 경제, 내 손 안에 담아 II

문준식

경제, 이 세상을 흔드는 원동력이자 우리와 떼려야 뗄 수 없는 것. 그만큼 우리 삶에 경제는 깊숙이 들어와 있다. 그것은 경제가 '돈'이라는 것과 연결되어 있기도 하지만, 결국 그것을 매개로 정치, 교육, 종교 등 그 영향력이 다양한 삶의 부분에 미치고 있기 때문이도 하다. 우리 삶에 큰 영향을 미치는 경제는 그렇기에 수많은 논란과 문제를 갖고 있기도 하다. 그래서 나는 지금 우리 사회에서 논란이 되고 있는 여러 문제에 대해 조사해 보고 나 나름의 입장을 정리해 보는 기회를 가졌다.

금리의 움직임,
어느 방향이 올바를까?

금리는 돈을 쓰는 비용이라고 표현하면 이해하기 쉬운 개념이다. 우리가 재화를 소비하듯이 금융시장 내에서 돈을 사용하는 것에 대해 붙는 이자와 같은 것이 금리를 통해 결정된다. 그리고 이런 모든 금리들의 기준이 되는 기준금리는 상황에 따라 한국은행이 결정한다. 그때 그때의 상황에 맞춘 유동적인 금리 조절이 필요하겠지만, 최근 한국 사회에서는 금리를 인상해야 하는 모습과 인하해야 하는 모습이 동시에 발생하고 있다. 나는 오늘 이 문제에 대하여 금리를 인하하는 측면에서 접근해 보고자 한다.

금리의 인하는 여러 가지 효과를 불러온다. 우선 금리의 인하는 가계의 부담을 줄여준다. 대부분의 사람들은 주택이나 자동차 등 고가의 부동산을 구매하는데 있어 받은 대출, 혹은 학자금이나 생활대출처럼 당장 필요한 금액을 확보하기 위해 대출을 하게 된다. 그리고 그 돈에 대한 이용료로서 이자를 지불하도록 되어 있다. 이 이자율에 금리가 영향을 미친다는 점에서 이 효과는 주로 대출을 받고 있는 사람들에게 해당할 것이다. 중산층 혹은 그 미만의 서민과 취약계층들은 빚을 진 상태라면 원금은 물론 그에 대한 이자의 압박을 받고 살아가고 있다. 그런데 여기서 기준금리가 완화된다는,

즉 하락한다는 것은 이자율의 하락을 불러오고, 결국 대출을 한 사람들의 이자가 감소하기 때문에 당장 그들의 경제적 형편에 도움이 될 것이다.

두 번째로 금리의 인하는 소비의 촉진을 통한 국내 시장의 활성화를 불러온다. 대출을 받으면 이자를 내는 것처럼 우리가 예금을 하게 되면 그에 따른 이자가 붙게 된다. 거액을 가진 사람이든, 소액을 가진 사람이든, 저축한 돈이 많다면 당장 높은 이자율을 가진 상품이나 은행을 찾을 것이다. 그러나 기준금리의 인하는 이와 반대되는 결과를 이끈다. 당장 돈을 저금해도 그것을 통해 받게 되는 이자가 줄어드는 것이다. 따라서 이는 소비를 촉진하고, 예금보다는 주식 같은 금융상품으로의 투자 전환을 촉진하여 국내 시장의 활성화를 가져올 것이다. 경기호황이라기보다는 만성적인 경기부진을 겪고 있는 때에 금리 인하는 가뭄에 단비와 같은 역할을 할 것이다. 또한 당장 소비를 꺼려하는 소비자들에게 재화의 소비를 촉진할 수 있고, 재화의 소비 증가는 기업의 매출 인상, 그리고 다시 소비자의 역할을 하는 가계의 수입 증가로 이어질 것이다. 더욱이 금리인상은 최근 다른 국가들의 움직임을 보았을 때 필요한 부분이 있다. 일본의 제로금리를 넘어선 마이너스금리 시대의 도래는 상대적으로 우리나라의 화폐의 가치가 높아지는 결과를 불러왔다. 화폐가치의 상승은 결국 환율의 상승으로 나타났으며, 이는 우리나라 수출에 큰 타격을 주고 있다. 국제시장에서의 가격경쟁력이 밀리면 이는 결국 수출부진으로 이어질 공산이 크다. 그리고 그 대상이 당장 우리나라와 경쟁할 상대인 일본이라는 점은 국내 산업에 큰 먹구름이 될 것이다. 물론 정부는 재무건전성을 고려하여 단순하고 일방적인 방향으로의 금리 변동을 하지 않을 가능성이 있다. 그러나 최근 벌어지고 있는 대외적인 움직임을 보았을 때 어느 정도 이 움직임을 따라가는 것이 옳다고 생각한다.

최근에 미국이 금리를 인상했다는 소식이 들려왔다. 2015년 12월, 미국 연방준비은행 FRB는 미국의 기준금리 정책 방향 및 금리 인상을 발표했다. 하지만 이는 미국의 경제를 고려해야 하는 상황이다. 2008년 서브프라임 모기지 사태에 따른 글로벌 금융위기 이후에 미국은 경기부양 및 내수시장 활성화를 위한 제로금리 정책을 시행했다. 하지만 이후 이에서 비롯된 인플레이션 위험성이 커졌고, 이를 조절하기 위해 금리를 올려서 물가를 유지하려고 한 것이다. 물론 우리나라의 경우도 지속적인 금리 인하는 인플레이션을 불러올 염려가 있다. 하지만 당장 문제는 물가가 오른다는 것 자체가 아니라 낮은 물가에도 사람들의 소비심리 위축으로 경기성장이 더디게 이루어진다는 점이다. 당장 필요한 것은 경기부양책이라는 점에서 사람들의 소비를 촉진할 방아쇠가 필요하다. 단순히 양적완화를 통한 화폐가치의 하락을 유도하는 것보다는 사람들이 직접 나서서 소비를 할 수 있는 금리 인하가 이루어져야 한다고 생각한다. 2016년에 들어서서 정부가 대부업 금리를 인하할 방침을 세웠다고 한다. 적정한 수준의 금리 인하를 통해 이 문제를 해결해 나가야 한다고 생각한다.

TPP(환태평양 경제동반자 협정)에 참가하는 것은 중요한가?

최근 아시아 태평양지역의 관세 철폐와 경제 통합을 목표로 미국을 주축으로 12개 국가들의 TPP(Trans-Pacific Partnership : 환태평양 경제동반자 협정)의 타결이 이루어졌다. 이에 우리나라도 TPP에 참여해야 하는지를 놓고 논란이 거세다. 한미 FTA 체결 때와 유사하게 여러 부문에서 반대의 목소리가 적지 않다. 과연 어떤 방법을 택하는 것이 좋은지 고민을 해보아야 하는 부분이다. 나는 이 문제에 대해 우리나라가 TPP에 참가해야 한다는 입장이다. 그 이유는 다음과 같다.

우선 최근의 흐름을 살펴볼 필요가 있다. 그동안 우리나라가 주로 체결해온 양자간 자유무역협정인 FTA(Free Trade Agreement)는 개별 협상 및 비준 과정이 오래 걸릴 뿐더러 양자 간의 관계에서만 효력이 발생해 그 협상 과정에서 우리나라가 불리하게 가져갈 요소가 늘어날 우려가 제기되고 있는 실정이다. 또한 현재 세계의 흐름이 양자간보다는 다자간 협상으로 흘러가고 있다는 점, TPP이외에도 한 · 중 · 일 FTA나 RCEP등이 추진되고 있다는 점에서 우리나라가 단순히 다자간 협상을 이유로 이를 거부할 이유는 없으며, 오히려 이런 상황 속에서 거대한 다자간 협정에 참가하여 세계화의 흐름을 따라가는 것이 매우 중요한 점이라고 할 수 있겠다.

TPP 참가에 대한 우려의 목소리가 나오는 것 중 하나는 관세 철폐에 따른 우리나라의 물가 영향으로, 특히 쌀과 같은 품목은 우리나라의 식량 안보와 직결되기 때문에 이 때문에라도 TPP참가를 해서는 안 된다는 의견이 있다. 그러나 이것은 현재 우리나라의 상황을 잘 이해하지 못한 것이라고 판단된다. 지난 2014년 가장 논란이 된 것 중 하나는 쌀 시장 개방이다. 1994년 우루과이라운드(UR) 협상 당시에 당사국들은 보호무역으로 인해 왜곡된 각국 간의 무역을 정상화하기 위한 다양한 방안에 대해 합의했고, 그중 하나가 모든 상품을 관세화하여 시장을 개방하는 것이었다. 거의 모든 농산물에 대하여 관세화가 결정됐지만, 특정 국가의 식량안보 등과 관련된 주요 품목에 대해서는 특별대우로서 관세화를 미룰 수 있도록 예외를 인정하였다. 우리나라도 쌀만큼은 개발도상국으로서의 특별대우를 인정받아 1994년 UR협상, 2004년 협상 등에서 관세화를 유예한 바 있다. 이렇듯 지난 1994년 우루과이라운드(UR) 농업협상 타결 이후 20년 동안 지속돼 온 쌀 관세화 유예가 2014년 말로 종료됨에 따라 정부는 같은 해 9월 현재 관세화 여부를 세계무역기구(WTO)에 통보한 상태이다. 더 이상 우리나라도 어쩔 수 없는 상황에 이르게 된 것이다. 고관세 정책도 무역 보복이 우려되는 상황에서 더 이상 무리한 보호무역은 다른 나라와의 관계에 악영향을 끼칠 수밖에 없다.

또 다른 의견 중 하나는 이미 우리나라가 TPP에 참가하는 여러 나라와 FTA를 체결했으므로 이에 또 다시 참가해서 얻는 실익이 적다는 의견이다. 앞에서 언급한 바 있듯이 최근 국제 통상의 변화는 양자간 FTA보다는 지역 내 무역 협정으로 그 중심축이 이동하고 있다. 이런 상황에서 아태지역에 만들어지는 광역 경제블록인 TPP에 우리나라가 참가하지 않을 경우 무역규범의 조화와 통일이 이루어지지 않는 독단적인 행보를 보여서 발생하는 불이익은 매우 클 것이다. 또한 협상이 완료되고 난 현재의 상황에서 빨리 참가를 결정하는 것이 우리의 입장을 관철시키고 좀 더 시간적 여유를 둔 개별 협의가 가능하다는 점에서 최대한 빠른 시일 내에 이를 결정해야 한다. 무엇보다도 우리나라는 어쩔 수 없는 수출지향형 국가이다. 이런 현실을 고려해 보았을 때 일본, 호주, 뉴질랜드, 캐나다, 멕시코와의 새로운 체결은 매우 커다란 긍정적 영향을 미칠 것이다.

혹자는 미국 주도의 TPP에 참가하는 것이 자칫 중국을 자극할 수 있다는 우려의 목소리를 나타낸다. 하지만 빠르게 흘러가는 세계화의 흐름 속에서 우리나라는 더 이상 어느 한쪽만의 의견을 내세울 것이 아니라 현재 우리나라의 실정에 맞는, 실리를 추구하는 선택을 할 필요가 있다. 그렇다면 새로운 시장의 확대와 지역 내 무역협정으로 빠른 진행속도를 보이고 있는 TPP에 참가하여 지역국 간 무역을 활성화시키고 우리나라의 경제 발전을 도모해야 하는 것이 옳다고 생각한다.

최저임금,
올리기만 한다고 해결될까?

2016년 최저임금이 전년보다 450원 오른 6030원으로 결정되었다고 한다. 기존과 크게 달라진 점이라면 월 209시간을 기준으로 시급과 월 환산액을 같이 표시하도록 한 것이다. 진보 시민단체와 노동단체는 이는 부당하다며 꾸준히 최저임금 1만 원을 요구해 왔으나, 결국 27인 중 15인이 공익안을 받아들여 위와 같은 내용이 결정되었다. 그런데, 이런 내용과 같이 조사를 한 내용 중 하나는 기존의 최저임금에서도 전체 노동자의 12.4%인 232만 명이 최저임금조차 받지 못하고 일하고 있다는 결과였다. 과연, 단순히 최저시급을 올린다고 노동환경과 임금수준이 개선될 것인지 의구심이 들수밖에 없는 부분이다. 이러한 문제의식 속에서 나는 단순히 최저임금 수준을 계속 높이는 것만으로는 소용이 없다고 생각한다.

우선 최저임금 인상이 1차적으로 고용에 미치는 효과가 논쟁의 대상 가운데 하나인데, 진보·노동단체가 주장하는 바와 같이 1만 원 정도의 수준으로 최저임금이 대폭으로 상승하면 고용에는 부정적인 영향을 미칠 것이라는 의견이 지배적이다. 중소기업의 고용부담 증가로 고용인원의 감소로이어질 공산이 크기 때문이다. 그리고 최저임금을 올리는 것이 내수시장에 미치는 긍정적인 효과가 생각만큼 크지는 않을 것이다. 우리나라에서 최저임금 영향을 받는 근로자가 270만 명인데, 180만 명 정도는 최저임금 미만을 받고 노동을 하고 있고, 무엇보다 해당 근로자 중 86만 명은 외국인이다. 최저임금을 지급받지 못하고 살아가는 사람들이 최저임금의 영향을 받는 근로자의 3분의 2이고, 외국인이 번 소득이 국내에서 소비되는 수준은 굉장히 미미할 텐데 이러한 점들이 내수에 엄청난 개선을 가지고 오지는 않을 것이다.

그리고 문제가 되는 것은 기존의 최저임금제도가 가진 문제점의 개선이 이루어지지 않은 채 이루어지는 최저임금 상승은 그 실효가 굉장히 적을 것이라는 것이다. 우선 정부가 최저임금 시행에 대해 제대로 단속을 하지 못하고 있다. 최저임금법에 따르면 최저임금을 제대로 지급하지 않은 사업주는 3년 이하의 징역 또는 2000만 원 이하의 벌금에 처하도록 되어 있다. 최저임금을 노동자에게 알리지 않은 사업주는 100만 원 이하의 과태료에 처하게 되어 있다. 그러나 고용노동부는 위반사항을 제대로 단속하지도 못하고 있으며 (고용부가 사업장을 단속해 최저임금법 위반을 적발한 건수는 2012년 9051건에서 2013년 5467건, 2014년 1645건으로 급감했으나 고용부 단속이 아닌 노동자들이 스스로 최저임금법 위반 사업주를 신고한 건수는 2012년 771건에서 2013년 1423건, 2014년 1685건으로 급증했다.) 적발한 경우에도 사업주에 대한 정부의 제재도 '솜방망이 처벌'에 그쳤다. 2012 ~2014년 총 1만 6777건의 최저임금법 위반 건수 중 검찰 고발 등 사법처리한 건수는 34건에 불과했다고 한다. 과태료를 부과한 건수도 14건에 지나지 않았다. 둘을 합쳐도 제재 건수는 전체 위반 건수의 0.3%에 불과하다. 최저임금을 제대로 주지 않아 적발돼도 노동자에게 미지급 임금을 주는 '시정조치'만 하면 제재를 하지 않아왔기 때문이다. 이러한 문제점에 대한 구조적 개선 없이 단순한 임금을 상승시키는 것은 실효성이 낮다. 또한 임금 인상은 기업의 인건비 부담을 증가시키고 그 결과 물건의 가격을 올리는 요인으로 작용할 수 있다. 기업들이 물건의 가격을 너도 나도 올리게 될 경우 결국 국내 시장의 물가 상승을 불러올 것이다. 그렇다면 결국 근로자들의 실질임금은 크게 오르지 않을 것이고, 그들이 느끼는 효용의 증대도 크지 못할 것이다.

최저임금제는 국가가 근로자들의 안정된 삶을 위해 임금의 최저수준을 정하고 사용자에게 그 수준 이상의 임금을 지급하도록 법으로 정해 강제하는 제도이다. 그런데 이런 제도에도 문제점은 존재하고, 그 부분은 계속해서 지적되고 있다. 물론 당장 받을 돈의 액수가 걸려 있는 근로자들에게는 제도의 문제점보다는 당장 좀 더 많은 돈을 받는 것이 중요할 것이다. 그러나 조금만 더 생각을 해본다면 이는 결국 그들에게 큰 도움이 되지 못한다. 그들이 좀 더 안정된 삶을 사는 방법은 돈을 더 받는 것일 수도 있지만, 조금 덜 받더라도 안정되게 살 수 있는 환경이 만들어지는 것일 것이다. 그런 제도를 만들기 위해 우리는 좀 더 활발한 사회적 합의와 개선책을 찾아나가야 할 것이다.

파견근로를 확대해야 한다

파견근로를 확대해야 하는지에 대한 사회적 논의가 이루어지고 있다. 파견근무란 근로자가 본인의 소속을 변경하지 않고 다른 기관으로 일정 기간 이동하여 그 기관에서 근무하도록 하는 것이다. 파견근로를 확대하는 것이 과연 효율적인 방법인지에 대한 논의도 있고, 우리 사회에 어떤 영향을 끼치는지에 대한 논의도 이루어지고 있는 상황 속에서 나는 단기적, 장기적으로 파견근로가 가져올 영향을 생각해 보았고, 이에 대해 찬성하는 주장을 펼치고자 한다.

우선 파견근로의 긍정적 효과로 일자리 창출, 고용비용 감소를 들 수 있다. 중소기업과 같은 경우에는 고용비용이 부담되어 일자리를 많이 만들어내지 못하고, 그렇게 생산성이 감소하게 되면 기업의 성장에 악영향으로 작용할 수밖에 없다. 파견근로는 이런 영향을 줄일 수 있는 방법이다. 파견근로를 통해 고용주와 사용자가 다른 형태를 취하게 되는 경우, 고용비용의 측면에서 비용을 효율적으로 사용할 수 있기 때문에, 기업의 부담이 적어질 것이다. 그렇게 되고나면 기업측면에서 좀 더 양질의 환경을 근로자들에게 제공할 수 있고, 단순히 일자리를 늘리는 것 자체만으로도 근로자들 입장에서는 좋을 것이다. 이렇게 생산성을 높인다면 기업의 성장에도 많은 도움이 될 것이고, 결국 중소기업의 성장과 이런 기업의 성장을 통한 경제성장을 이끌어 낼 수 있을 것이다.

　노동시장의 유연화에 도움이 되는 것 또한 파견근로의 장점이다. 노동시장의 유연화란 외부 환경 변화에 대응하여 인적 자원이 얼마나 신속하고 효율적으로 재배분될 수 있는가를 나타내는 것이다. 하지만 얽혀 있는 계약 속에서 신속하고 효율적인 재배분을 실현하는 방법은 그렇게 많지 않다. 하지만 파견근로는 이를 실현할 수 있다. 고용주와 사용자가 일치하지 않기 때문에, 유연한 대처가 가능하고, 상황에 따른 대처도 손쉽게 이루어진다. 노동시장의 경직성을 해결하기 위한 사회적 비용이 줄어든다는 측면에서도 이는 굉장히 긍정적인 현상이라고 볼 수 있다. 따라서 파견근로가 확대되어야 하는 것이다.

　마지막으로 파견근로는 개선을 통해 충분히 그 이점을 살릴 수 있다. 파견근로는 사실상 유일하게 합법적인 간접고용의 형태로, '파견근로자 보호 등에 관한 법'에 따라 고용노동부 장관에게 허가받은 경우에만 이루어지는 보호받는 근로의 형태이다. 나머지 간접고용의 경우 합법적이라고 보기 어려운 부분이 있다. 다른 형태 중 하나인 도급은 원래 민법상으로 원래 기업의 사업자와 하청 기업의 사업자가 맺는 계약인데, 하청 기업 사업자가 일을 자기 책임 아래 완성한 뒤 그 결과를 원청기업의 사업자한테 주는 형태를 취하고 있어서 노동법의 규율을 받지 않는다. 이런 특수한 구조 때문에 원청기업의 사업장에 하청 노동자들이 와서 일을 하는 사내하도급 방식이 특히 문제로 지적되고 있기도 하다. 예를 들어보자면 따로 공장을 갖고 있는 업체 간의 납품의 형태인 사외하도급은 두 기업 사이에 사용-노동의 관계가 일어날 가능성이 거의 없지만 사내하청업체 노동자가 원청기업에 출퇴근을 하며 일정한 노동을 제공하는 경우에는 하청업체 노동자와 원청기업 사이에 일정한 사용-노동의 관계가 발생할 수밖에 없다는 것이다. 이런 상황을 고려한다면 파견근로는 굉장히 합법적인 방법이다.

또한 파견근로가 비정규직이며 간접고용의 형태를 띠고 있긴 하나, 사회 보험의 기회 제공 등 질적인 측면에서의 개선이 수반된다면 이는 기업이나 근로자나 효과적으로 활용할 수 있는 방법이 될 것이다.

기업뿐만 아니라 정부도 용역이라는 형태를 띤 간접고용을 활용하고 있는 상황에서 이런 형태를 지양하는 것은 올바른 해결방법이 아니라고 생각한다. 이를 좀 더 올바르게 개선하는 것이 더 맞는 말일 것이다. 파견근로는 개선을 통해 충분히 그 이점을 살릴 수 있는 합법적인 방법이자, 법의 보호를 받고 있는 형태이기도 하고, 일자리를 창출시키며, 고용비용을 감소시켜 경제발전에 도움을 준다는 긍정적인 측면이 있다. 그렇기 때문에 파견근로는 그 형태의 개선과 함께 확대되어야 한다고 생각한다.

부(富)에 대한 세금,
부유세를 도입해 보면 어떨까?

최근 우리나라가 자산이 많은 부자들에 대한 세금인 일명 부유세를 도입해야 한다는 것으로 시끄럽다. 이 문제는 미국의 유명한 부자인 워렌 버핏이 미국의 부자들이 지나치게 적은 세율을 적용받고 있고, 더 많은 세금을 내야 한다고 주장한 데서 논란이 되었으며 이에 '버핏세'라는 이름을 갖고 있기도 하다. 이런 논란을 계기로 부유세 도입의 장점에 대해 알아보고 그 내용을 정리해보고자 한다.

우선 부유세는 부의 재분배를 실현할 수 있다. 우리나라의 경우 IMF 사태 이후 빈부격차가 확대되고 있고, 경제적 불평등 문제는 이미 우리나라뿐만 아니라 전 세계적인 문제 중 하나로 자리 잡고 있다. 공리주의적인 측면에서 보더라도 불평등 문제의 해결은 굉장히 시급한 현안이기도 하다. 또한 21세기의 자본주의가 추구하는 이상향은 복지자본주의이다. 자본주의 하에서 모두가 인간다운 삶과 행복을 추구하는 것이 우리의 자본주의가 나아가야 할 길이자, 자유민주주의의 출발점이고, 이를 실현하기 위해서는 국가를 통한 복지정책의 실시가 필수불가결하다. 이를 위한 국가의 노력은 충분한 세수확충이 뒷받침되어야지만 실현될 수 있다. 이러한 관점에서 세수를 확충하는 현실적인 방법 중 하나는 기존에는 비과세대상이었으나, 과세의 필요성이 제기되는 부분에 대한 과세를 진행하는 것이 될 것이다. 그중 하나가 사내유보금 등 기존에는 기업에게 경제적 인센티브를 주었던 부분으로, 그것에 대해 누진세를 바탕으로 하는 세제제도를 마련한다면 기업의 사내유보금 소비를 통한 재투자의 확대와 세수확보라는 두 마리 토끼를 모두 잡을 수 있을 것이다. 또한 글로벌 부유세를 도입하자고 주장한 프랑스의 경제학자인 피케티도 소득세와 상속증여세율의 조정과 전 세계적인 규모의 자산세 도입을 언급한 바 있다.

한편 부유세의 대안 격으로 2005년부터 우리나라에서는 종합부동산세(이하 종부세)와 같은 제도가 시행되고 있는데, 이런 대안들의 현실성이 낮을 뿐더러 문제점 또한 지적되고 있어 다른 방안이 필요하다는 논의가 진행 중인 것이 현실이다. 우리나라의 종부세의 경우, 지방재원의 위축 문제와 조세형평성 강화에 불리하게 작용하는 제도라는 점에서 문제점이 드러나고 있다. 다른 나라의 경우에도 기존의 세제제도의 미비로 세수확충에 어려움을 겪고 있는 나라가 많으며, 그 대안을 찾아 문제를 해결하는 것이 시급하다. 한편 부유세에 대하여, 프랑스에서는 기업의 CEO와 임원들이 자신들의 소득을 일부러 낮추어 부유세를 면한다거나 스웨덴의 기업이었던 IKEA가 해외로 발길을 돌리는 등 제도를 회피할 수 있는 방법이 많다는 것이 지적되고 있기도 하다. 전자의 경우 개인이 아닌 법인에 대한 과세를 통해 일차적인 과세를 시행하고, 후자의 경우 노벨경제학상을 받은 미국의 경제학자 토빈이 주장한 토빈세를 도입해 외환 거래 시에 세금을 매기는 방안, 혹은 국내에서의 SOC 이용 지원 등 정부의 비금전적인 지원을 통한 유출방지책을 마련한다면 세금 회피를 막을 수 있을 것이다.

인도 야무나 공원의 마하트마 간디 추모공원에는 간디가 말한 7가지 악덕(惡德)이 있다. 그중 2개가 바로 '도덕 없는 경제'와 '노동 없는 부(富)'이다. 모두가 각자 노력한 만큼 벌어 부를 쌓되 그러한 경제 속에서도 도덕은 존재해야 한다는 것이다. 그런데 과연 현재 우리나라를 비롯한 여러 국가들의 경제는 과연 이러한 악덕을 만들지 않고자 노력하고 있는지 다시 한 번 살펴보아야 한다. 흔히 말하는 '금수저', '흙수저'가 우리의 인생을 막지는 않는지 말이다. 만약 이런 문제가 있다면, 이를 해결하기 위해 필요한 것은 결국 소득과 부의 불평등 완화이다. 하지만 점점 각박해져만 가는 현대 사회와 경제 문제의 중첩으로 우리는 이러한 방향과 역행하고 있는 것은 아닌가 하는 생각이 든다. 21세기 현대 사회에서 부자가 본인들의 사회적 책임, 즉 '노블레스 오블리주'를 실현하기 위해서는 국민에 대한 복지, 그리고 그것을 위한 국가 복지정책의 현실화를 위해 '부유세'라는 방법을 통해 그들의 역할을 다해야만 한다. 그것이 경제적 불평등 해소의 출발점이다.

기업의 사회적 책임,
과연 어디까지?

기업은 더 이상 회사라는 개념에서 그치지 않는다. 법인이라는 하나의 개인으로 인정받기 시작한 후로부터는 기업에게 사회에 대하여 일정한 행동을 취할 책임을 부과하고 있다. 그리고 그것을 기업의 사회적 책임이라고 한다. 이런 기업의 사회적 책임(CSR)을 통해 기업은 기업 본래의 생산활동 및 영업활동을 하면서 그들만의 이익만을 추구하는 것이 아니라 환경보호를 동반할 수 있는 기업운영, 윤리적 가치에 위배되지 않는 경영, 기업 내 근로자나 지역사회 등 사회 전체의 공익을 동시에 추구하며, 이에 따르는 사회공헌사업에 대한 의사 결정 및 활동을 한다. 국내 모 기업은 취약계층에 일자리를 구할 수 있도록 배려하거나, 사회서비스를 제공하고, 영업활동으로 얻은 이익을 다시 복지와 관련된 부분에 재분배 될 수 있도록 하는 투자를 진행하기도 한다. 또한 그것을 재단이나 제 3자, 정부를 통해 사회적 목적으로 사용한다. 이들은 이러한 활동들로 그들만의 '지속가능한 경영'을 실현하고자 한다. 그런데 여기서 문제가 되는 것이 어디까지 그들의 사회적 책임을 요구해야 하냐는 것이다. 첫 번째 관점은 그들의 소극적인 개입과 최소한의 책임을 요구하는 관점이며, 두 번째 관점은 사회의 일원으로서 좀 더 적극적인 행동을 요구하는 관점이다. 필자는 첫 번째 입장을 중심으로 기업의 사회적 책임에 대해 논해 보고자 한다.

두 번째 관점에서 논하고자 하는 기업의 사회적 책임은 이윤 극대화의 원리에 상충되더라도 도덕률의 적용을 받아야 한다는 입장이다. 기업이 사회의 하위 체계에 속하므로 사회와의 상호 작용을 통해 기업 자체가 존속하고 번영해야 한다는 견해를 가지고 있다. 하지만 결국 이러한 주장이 가진 논점은 기업도 어떤 특별한 목표를 위해서 사회가 만든 하나의 사업체에 불과하다는 것으로, 기업을 세운 사람뿐만 아니라 그것을 허용한 사회 모두에게 편익을 제공해야 한다고 주장한다.

하지만 여기에는 문제점이 있다. 기업의 1차적인 목표는 그들의 이윤 극대화이다. 사실 기업을 설립하고, 그것을 법인으로서 인정하는 기저에는 그들이 하나의 경제주체로 활동하는 것 자체를 보장해 주기 위함이 있고, 그 말인즉슨 그들의 이윤을 극대화시키기 위해 하는 대부분의 행동들은 자연스럽다는 것을 의미한다. 그런데 앞서 논한 바와 같이 그런 그들의 기초적인 존재 목적을 부정하면서 까지 도덕률을 기업에게 적용해야 하는지는 고려해보아야 할 사항이다. 이런 상황이 계속 되면 그들은 그들 본연의 경제적 기능을 올바르게 수행하지 못하며, 결국 경제에 부정적인 영향을 미칠 것이다.

그렇다면 어떤 방향으로의 진행이 적절할까? 필자는 개인은 개인으로서의 도덕적 의무를 지는 것처럼 법인, 즉 기업도 기업으로서 사회에 대한 의무와 역할에 충실해야 한다고 생각한다. 이런 입장은 결국 개별이익의 극대화가 모든 공공의 편익을 극대화 시킬 수 있다는 것이 전제되는데, 기업은 투자자나 소유자의 재정적 이익을 증대시킬 수 있도록 하고, 그런 일의 반복으로 경제를 성장시킨다는, 개인과는 다른 방향에서 국가와 사회의 발전을 유지시켜야 한다고 생각한다. 기업은 개인의 합 이상의 힘을 가진다. 미국의 기업 '애플'이 정부를 상대로 민주주의를 논하면서 본인들의 기업철학과 고객들의 보호를 주장하는 것은 이를 보여주는 훌륭한 예시이다. 누군가는 기업이 국가에 협조하지 않는 것이 긍정적이지만은 않다고 말한다. 물론 이것이 범죄 수사나 재판의 진행 등에 긍정적으로 작용하지는 않을 것이다. 그러나 확실한 것은 그들은 그들의 입장에서 취할 수 있는 입장을 취함으로써 기업으로서 본인들의 고객과 소비자를, 국내외의 사용자들의 개인정보를 보호했다는 의미 있는 행동을 했다는 것이다. 그만큼 기업은 기업의 측면에서 또 다른 무언가를 할 수 있는 존재이다.

기업은 기업답게 존재해야 한다. 그리고 그들의 일차적 목표는 이익창출이다. 그리고 그들은 그들의 규모를 키우는 것 자체만으로도 나라 경제에 보탬이 되고 있는 소중한 존재들이다. 그렇기 때문에 그들에게 개인과 같은 도덕률을 적용하는 것은 무리가 있다고 생각하고, 공정한 시장질서라는 큰 틀을 무시하지 않는 선에서 그들의 이윤추구는 그들의 정당한 권리라고 생각한다.

정부는 외환시장에
적극적으로 개입해야 한다

세계화의 흐름 속에서 우리나라는 다른 나라와의 거래를 위해 화폐 간 교환가치인 환율을 설정해 두고 있다. 환율은 본래 시장의 수요와 공급에 의해 결정되지만 이를 시장에만 맡기게 되면 국제간 단기자본이동 등에 의해 환율이 매우 불안정한 상태가 될 수 있다. 또한, 기초경제여건을 크게 벗어남으로써 내수경제에 부작용을 초래할 위험이 있다. 그래서 나라들은 급격한 환율변동 완화 및 적정 환율의 유지를 목적으로 외환시장에 일부 개입하여 외환을 매매하곤 한다. 이를 국가의 외환시장 개입이라고 부른다. 과연 시장의 자연스러운 흐름을 막고 정부가 이를 관리, 조정하는 것이 올바른지에 대한 논란이 뜨겁다. 난 크게 3가지 이유를 들어 이러한 조치가 왜 필요한지에 대하여 생각해보았다.

우선 환율의 급변은 국제수지에 악영향을 줄 것이다. 환율이 떨어지면 우리나라가 수출에 불리해지는 것은 당연하다. 수입보다는 수출 위주의 경제구조를 가지고 있는 한국으로서는 비록 현재 경상 수지 흑자라 해도 환율 하락에 대한 경계를 해야 하는 것이 맞다. 그러므로 환율의 급변 시 국제수지의 급락을 막기 위해서라도 국가의 외환시장에 대한 주시와 개입은 필요하다고 생각한다.

또한 완전개방시장인 한국은 환율의 급변 가능성이 크다. 한국의 자본시장은 완전 개방의 형태를 띠고 있다. 그럼에도 그 시장의 규모가 다른 선진국에 비해 작아 외국에서 투기세력이 들어오면 그에 따른 환율이 급변하기 쉽다. 외환당국은 실시간 모니터링 등 환율을 방어하여 시장 위험을 줄여야 한다. 더욱이 시장의 리스크는 국가신용도와도 직결되는 부분이기에, 더욱 예민하게 반응할 필요가 있다.

우리나라는 1997년에 이미 IMF를 겪은 바 있다. 당시 IMF가 일어난 이유는 당시 동남아시아의 연쇄적 외환위기 속에서 우리나라정부가 외환관리정책에 있어 미숙했기 때문이라는 것이 그 직접적인 원인 중 하나로 꼽힌다. 정상적 경제활동을 위해서는 적정한 수준으로 국가의 외환보유가 유지되고, 이를 위한 행정 시스템이 구축되어 있어야 하나 그러지 못했다. 국내 금융기업들이 저리의 해외단기채를 통해 동남아시아의 국가들에게 2~3%의 이자 차익을 보고 있던 상황에서 동남아 국가들의 외환위기가 해외단기채들의 만기가 연장되지 않게 하자 국내 자금을 이용해 이를 상환하는 과정에서 결과적으로 국내의 자금이 해외로 유출되게 되었고, 결국 이는 외환위기의 시발점이 되었다. 국가신용도가 하향되었고 원화가치의 환율이 급격히 하락하는 등 연쇄적으로 막대한 지장이 발생되었다. 현재는 보유 중인 외환이 안정세를 유지하고 있어 안심하고 있지만 중국과 일본과 같은 주변국들의 자국 화폐 절하는 수출의 감소로 이어지게 하고 이는 외환 부족 사태를 겪게 할 위험성을 가져온다. 정부는 이에 대한 최소한의 방어를 하는 것이 마땅하다. 이런 사전조치가 이루어지지 않으면 이는 제 2의 IMF 외환사태로도 이어질 수 있다.

마지막으로 정부의 외환시장 개입은 내수 위축을 상쇄할 수 있다. 국내 내수 경기는 최근 침체기를 겪고 있다. 그 뿐만 아니라 국내의 고질적인 문제인 저출산, 고령화 현상으로 내수가 줄어들 것으로 예상되어 환율 하락으로 인한 수출 감소는 안 그래도 좋지 않은 내수시장에 더욱 나쁜 영향을 미칠 것이라고 생각한다.

　다른 나라들을 보았을 때, 외환시장을 방치하고 있는 나라는 거의 없다. 물론 그렇다고 매번 문제가 터질 때마다 시장에 개입하는 국가도 찾아보기 힘들다. 결국 문제가 되는 건 얼마나 정부가 시장에 개입해 외환시장의 안정성과 유동성을 확보하는 것이다. 사실 외환시장 거래는 수요와 공급에 의한 자유방임주의적 태도로 최대한의 자율성을 보장하는 형태가 일반적으로 옳긴 하나 투기의 움직임이 포착돼 외환시장의 변동성이 매우 높아질 때에는 국제적인 정부 개입이 용인된다고 볼 수 있다. 하지만 어느 정도의 외환시장 움직임이 투기거래인지 판단하기 어려운 부분이 있기도 하다. 그렇기에 이는 매우 조심스럽고 어려운 일이다. 그럼에도 이는 국가를 위해 꼭 필요하다고 생각한다.

남북의 경제 협력
미시적으로? 거시적으로?

남북의 경제협력이 지속되어야 하는지에 대한 논란이 뜨겁다. 개성공단, 금강산 관광사업으로 계속되어 오던 남북 간의 경제협력이 여러 사건들 및 북한의 계속된 핵실험 등의 도발로 뒷걸음질치고 있다. 결국 개성공단은 전면중단 되버렸다. 하지만, 우리가 경제협력을 통해 만들어 가고자던 가장 큰 목표는 바로 '통일'이었다. 그렇다면 남북 간의 경제협력을 어떻게 봐야 할까?

남북은 현재 전세계의 유일한 분단국가로 남아 있다. 그렇다면 이전의 통일 사례를 보면 우리의 미래를 어느 정도 예측해 볼 수 있다. 우리와 비슷한 과정을 통해 분단이 된 독일의 사례를 살펴보자.

독일은 동독과 서독으로 나누어져 서독이 현재 우리나라와 비슷한 모습, 동독이 사회주의 진영으로 현재 북한의 모습과 유사하다. 양국은 흡수통일 이라는 비교적 평화적인 절차를 밟게 되었지만 그 이후 20년이 넘게 흐른 지금도 해결되지 못한 문제가 있으니 바로 동서간의 경제격차 차이이다. 여전히 그들 간에는 동독 사람, 서독사람이라는 편견이 여전히 존재하며, 그리고 의식이 아니더라도 그들 간에 드러나는 경제적 격차는 결국 상대적인 박탈감을 유발하고 있다. 이것이 독일의 현재 모습의 문제점으로 지적받고 있는 사항이며, 앞으로도 우리나라의 통일에서 주로 문제가 될 사항으로 우려되고 있는 부분이다.

이를 해결하고자 했던 것이 남북 간 경제협력의 큰 목적 중 하나이다. 남북 간의 경제적 격차를 해소하는 것이 결국 통일 이후의 사회 문제를 줄일 수 있는 방안이 될 것이기 때문이다. 물론 경제협력의 결과가 바로 가시적으로 북한 사회 내에서 안 드러날 수 있다. 왜냐하면 결국은 그들에게 직접적인 지원을 하는 것이 아니라 그들이 취업을 할 수 있도록 했고, 여기에 참가할 수 있는 인원들이 상당히 제한적이기 때문이다. 하지만 여기서 하나 무시하지 못할 것은 그들이 자본주의의 모습을 경험했다는 것이다.

통일이 되고 난 후 북한주민들이 겪게 될 가장 큰 혼란 중 하나는 자본주의 사회의 유입이다. 물론 과거에 비해 많은 문물이 북한 사회내로 유입되었다고는 하지만 그것을 향유할 수 있는 사람들은 많지 않다. 공식적인 자료는 없지만 다른 여러 자료들과 인권조사 결과를 볼 때 북한 내 경제적 불평등의 격차는 매우 심각하게 큰 상태이다. 그렇기 때문에 이것을 해결할 수 있는 근본적인 방안이 필요하다. 그것 중 하나가 바로 경제적 협력을 통해 그들이 생산 활동에 참여하고, 통일에 대비하는 것이다. 그런 노력들이 계속된다면 앞으로 통일이 되었을 때 안정된 적응을 할 수 있도록 도와 줄 것이다.

남북 간의 경제협력은 항상 여러 정치적인 문제와 국제관계의 영향을 받는다. 이를 무시할 수는 없는 것이 냉혹한 현실의 모습이다. 하지만 우리는 이것이 가진 근본적인 장점을 무시해서는 안 된다. 남북 간의 경제교류는 앞으로 우리가 이루어야 할 통일의 기반이 될 것이라고 생각한다.

세상은 아는 만큼 보이는 법!
경제도 여러분이 관심을 가지는 만큼 보이게 되어 있습니다.
사소한 일에도 관심을 가지다 보면
어느새 폭넓은 시선으로 세상을 바라보는 그대의 모습을 발견하게 될 것입니다

삶을 디자인하라

김정현

우리의 삶은 다양한 이유로, 다양한 일들에 싸여 흘러간다. 그때의 내 생각은 무엇이고, 또 내가 아닌 다른 사람을 생각해 보는 것은 얼마나 좋은 일인가? 생각은 동물 중 유일하게 할 수 있는 인간 고유의 능력. 그래서 나는 사람이 살아내는 '삶'이란 과연 얼마나 중요할까. 또 그 삶에는 어떤 내용이 숨어 있고, 담겨야 할까 생각해 보았다. 그럴 때 우리는 자신의 삶을 디자인해 본다면 좋을 것이다. 그렇게 한다면 미래에는 좋은 삶을 살게 될 것이다. 그중에 나의 삶에는 사랑, 꿈, 음악 등이 있다. 이렇게 삶을 살게 되기를…….

모든 디자인,
내 꿈과 인생을 바꾸다

나는 어릴 때부터 미술을 해야겠다는 목표가 생겼다. 그때의 나에게 미술이란 내가 좋아하고 내가 그리고 싶을 때 언제나 내 마음대로 그리는 것을 미술이라고 생각했다. 하지만 지금은 나에게 미술이란 내가 내 마음대로 그리는 것이 아니라 형식을 갖추고 기본적인 지식이 없으면 할 수 없는 미술이 되어버렸다. 그런 나의 미술세계를 또 다르게 열어준 하나가 있었으니 그것은 바로 디자인이었다. 나에게 있어 디자인이란 내 인생에서 가장 큰 반환점이라고 할 수 있다. 디자인이라는 것을 처음 알게 된 중학교 3학년, 난 처음으로 디자이너를 직접 만나보고 그 직업에 대해 물었다. 하지만 그때까지는 디자인을 해야겠다는 확신이 들지 않았지만, 나는 꼭 내가 원하는 미술을 찾아서 끝까지 노력을 했다. 그 노력의 결과로 지금은 내가 정말로 하고 싶은 직업도 찾았고, 그 직업을 계기로 여러 꿈을 갖기도 했다. 그 계기로 나는 자동차 디자이너가 되어 아버지만의 자동차를 디자인해서 선물해 드리는 것이 꿈이다. 이 목표를 이루려면 먼저 디자인에 대해 조금 더 정확히 알고 가야 한다. 그렇다면 먼저 디자인이란 무엇일까?

디자인이란 나와 소비자를 생각해서 조금 더 편리하게, 조금 더 예뻐 보이게 해주기 위해 생각하고 실제로 표현하는 것이다. 그렇다면 자동차 디자인은 말 그대로 자동차의 외관과 내부를 조금 더 편하게 사용할 수 있게 해야 한다. 이것이 바로 꿈을 갖게 된 이유 중 하나이다. 항상 아버지께선 차를 사셔도 무언가가 불편하지만 어쩔 수 없이 타고 다니셨고, 그래서 아버지만을 위해 아버지가 편할 수 있는 차를 디자인해서 꼭 선물해 드리고 싶은 마음이 나의 꿈, 직업을 정해준 것이다. 이때 생각한 꿈은 이 한 가지가 아니다. 이 꿈으로 직업도 다양하게 해볼 수도 있었다. 그렇다면 "다양한 직업과 꿈을 생각할 땐 어떻게 하는 것이 좋을까?" 먼저 어릴 때 생각했던 그 꿈들을 떠올리는 것이 좋다고 생각한다. 왜냐하면 전혀 생각 없이 얘기했던 것이 지금은 이룰 수도 있는 나이가 된 것일 수도 있기 때문이다. 그리고 이런 과정에서 나는 자동차디자인을 생각할 시간이 되었다고 생각했다.

그렇다면 꿈을 이루기 위해서 내가 지금 학생으로서 할 수 있는 것은 무엇이 있을까? 그중에 하나가 자동차 회사마다의 디자인을 알아보는 것이다. 회사들은 수많은 디자인들을 제시하지만 그 안에서 하나만이 선택되어 실제로 쓰인다. 나는 그중에 제일 디자인이 좋고 독특한 회사를 뽑자면 'K 자동차' 회사를 뽑고 싶다. 이 회사는 자동차 디자인에 사람들의 눈길을 끌면서 많은 인기를 얻고 있고 2010년에는 올해 유럽 최대 판매 차량으로 뽑혔다. 물론 이런 회사와는 다르게 자동차 디자인과 성능에 있어서 좋은 평가를 받지 못하는 여러 회사도 있다. 이처럼 자동차 계열의 모든 회사들은 디자인 하나가 큰 힘을 가지고 있으며 사람들의 눈길을 사로잡아야 한다는 책임이자 부담을 안고 있고 그것을 맡는 것이 각 회사들의 디자이너들이다. 디자이너의 책임, 내가 아닌 다른 사람에게 잘 보여야 한다는 그 책임은 누구나 시도 때도 없이 하고 있다. 자동차 디자인이란 그런 것이다. 나를 중심에 두는 것이 아니라 나를 보는 사람에 중심을 두는 것, 즉 디자이너에게는 어떤 매체를 이용하는 고객이 우선이자 왕이다. 모든 서비스업에 종사하는 사람들과 똑같이 말이다.

그리고 나에겐 또 하나의 꿈이 있다. 이런 자동차 디자인을 하면서 여러 가지 다른 디자인을 하는 것이다. 예를 들자면 시각디자인이 있다. 시각디자인은 말 그대로 눈으로 보는 디자인이라 할 수 있다. 예를 들자면 광고, 포스터 등을 만드는 것이다. 그중에 하나를 꼽자면 로고디자인을 하고 싶다. 로고디자인이란 한 회사나 하나의 어떤 단체를 대표하는 상징이나 마크를 디자인 하는 것을 말한다. 이 로고디자인은 거의 어디서나 볼 수 있다. 그리고 그 로고 안에는 다양한 이야기와 의미가 담겨져 있다.

이 로고는 넥타이를 파는 회사의 로고를 직접 만들어 본 것이다. 이것에 대한 제품도 실제로 만들어보는 패키지 디자인을 해보았다. 이 로고도 많은 이야기와 의미를 담고 있는데 하나는 넥타이를 매주는 사람은 종종 아내가 남편이 일을 나갈 때 넥타이를 매주는 의미에서 'I tie you' 라고 회사의 이름을 짓고 로고를 만든 것이다. 또한 또 다른 의미에서 본다면 '내가 당신을 속박하겠어.' 라는 의미로 당신을 놓치지 않는다는 의미도 나타나 있다. 하지만 여기서 제일 중요한 것은 이러한 의미 자체가 아니라 내가 생각한 이러한 의미를 보는 사람도 그렇게 느껴야 한다는 것이다. 그 사람들이 꼭 좋은 관점에서 본다는 것도 보장할 수 없다. 이 것이 로고 디자인의 중요한 점이라 할 수 있다.

또한 소개하고 싶은 디자인이 있다면 바로 건축디자인이다. 건축디자인은 말 그대로 건축물을 디자인하는 것으로 그 디자인이 한 나라를 대표하는 건물이 될 수 있고 또한 지역 특성을 고려해서 디자인을 해야 한다. 물론,

제일 중요한 건 안전이다.

이 작품은 단순히 사람들이 생각하는 직육면체의 건물이 아닌 곡선을 이용해서 사람들의 하나의 쉼터를 만든다 생각하고 만든 모형 건축물이다.

이렇게 건축디자인은 건물의 용도를 알고 만들어야 하며, 그것이 디자인에 드러나는 것이 중요하다. 또한 앞에서 말한 것처럼 건축물에서 가장 중요한 것은 안전으로, 실제로 만들어진 건축물이라면 만들어진 상태로 오랜 시간을 유지해야 한다는 것이 가장 중요하다. 만약 이 건물이 그냥 어이없게 무너진다면 그것은 제대로 된 건축이라 할 수 없다. 물론 이런 걱정은 설계에서 한다고 생각할 수도 있지만 우선적으로 디자인에서도 고려되어야 할 사항이다.

이렇게 많은 디자인을 직접 체험해 보고 경험한다면 나중에 조금 더 할 수 있는 것이 많아질 것 같다. 'L 디자인' 회사는 다양한 광고를 만들고 서로 소통해 가면서 최고의 방안으로 광고를 만든다고 한다. 또한 이런 회사가 아닌 개인적으로 일을 받고 하는 프리랜서도 요즘 디자인 업계에서 좋은 직업으로 뽑히기도 한다. 지금 또한 우리나라에서는 새로운 제품이나 새로운 혁신적인 아이디어가 있다면 거의 모든지 디자인을 통해 사람들에게 전해진다. 그만큼 지금 이

사회에서 디자인은 아주 중요한 역할을 한다. 어떤 것을 대신해서 소통해 주고 전달해 주는 역할도 되고, 누구 하나 다 누릴 수 있게 해준다. 이렇게 디자인은 나에게 있어서 제일 행복하고 좋은 나를 만들어주는 세상에 둘도 없는 나의 소중한 존재이다.

모나리자가 눈썹이 사라진 이유

혹시 모나리자가 눈썹이 없어진 이유를 아는가? 모나리자의 기원을 살펴보며 왜 없어졌는지 알아보자. 모나리자 그림의 그 여인은 눈썹이 없다. 과거에는 이마가 넓은 것이 유행해서 사람들이 이마가 넓어 보이기 위해 눈썹을 뽑기도 했다는 주장, 모델을 그리다 모델이 죽어서 그랬다는 이유 등 여러 말들이 있다. 하지만 이런 주장은 전혀 근거가 없다. 나는 항상 이렇게 생각한다. 미술에는 답이 정해진 것이 없다고 말이다. 과연 그 말하는 것들이 아무리 진실일지라도 내가 생각하는 입장이 다르다면 절대 그 말이 맞든 틀리든 중요하지 않다. 그만큼 예술의 세상에서는 '나' 가 가장 중요한 역할이 된다. 만약 그렇다면 모나리자가 눈썹이 있었다면 과연 사람들은 그 사람의 눈썹의 여부나 단지 눈썹만을 가지고 그 그림을 말할 것인가? 눈썹이 있었다면 그 눈썹에 집중하는 것이 아니라 화가에 대해서 더 알아본다든지 그 화가의 그림을 보고 잘 그렸나 못 그렸나를 볼 것이다. 그만큼 한 번의 잔상이 중요한 것이다.

그런데 또 여기서 재미있는 예를 들 수 있다. 만약 그 모나리자 그림이 여자가 아닌 남자로 밝혀진다면 얼마나 충격적일까? 그런데 예술에서는 좋은 것이 하나 있다면 바로 예상과 상상을 할 수 있다는 것이다. "만약 어땠더라면" "내가 말하는 게 맞을 거야." 등 다양하게 생각을 할 수 있다. 이처럼 예술세계에서는 다양한 가설로 인해 사람들이 잘못 알고 있는 것이 많다. 하지만 중요한 것은 다양한 관점에서 그것을 해석하고 이해하고 각자의 생각으로 느끼는 것이다. 그만큼 내 생각을 뚜렷하게 하고 자기의 주장을 내세울수록 좋은 것이다. 그러므로 예술처럼 다양한 시선에서 한 작품을 바라보는 것은 있을 수 없다. 이렇게 모나리자는 전 세계의 사람들 마음속에는 다양한 생각으로 인식되어 있고 여러 이야기조차 다 사람마다 다르게 알고 지낼 것이다. 이것이 예술이다.

내가 그렸다 해서 나와 같은 생각을 하는 사람은 분명 많지 않을 것이다. 내가 생각하는 것을 다르게 보고 다르게 생각하면 그 작품 하나를 가지고도 다른 사람의 마음을 이해할 수도 있고 나 자신 또한 더 생각해 볼 수 있다. 그렇다면 사람들은 점점 더 빠르게 발전하며 사람들과 함께 우리만의 세계를 만들어나가며 살 수 있지 않을까? 예술에 대한 모든 것은 나 자신을 믿으라고 말해 주고 싶다. 그만큼 그 예술에 대해 더 감동하고 더 깊이 느낄 수 있을 것이기 때문이다. 모나리자는 사람이 아니다. 그림이 아니다. 내 생각과 내 예술이다.

사랑

우리에게 사랑이란 무엇일까? 사랑의 정의는 어떤 사람이나 존재를 몹시 아끼고 귀중히 여기는 마음, 또는 그런 일을 보고 사랑이라 한다. 우리는 일상에서 사랑이라는 단어를 자주 사용하지 않는다. 다들 사랑이라는 단어는 사용하기에 부끄럽기 때문이다. 하지만 절대로 사랑이란 단어는 부끄럽지도, 그렇다고 나쁜 의미의 단어가 아니다. 그럼 언제 우리가 사랑한다는 단어를 사용할까?

첫 번째로 가족 사이에 사랑한다는 말을 하는 것이다. 가족 사이에 서로 사랑한다는 단어를 요즘 현대인들은 잘 사용하지 않는다. 가족끼리도 부끄럽고 괜히 진지해지는 분위기가 싫어 잘 사용하지 않는다. 그러나 사랑한다는 말을 가족끼리 사용하게 되면 가족이 화기애애한 분위기를 갖고 서로를 더욱 존중하는 가족이 될 수 있다.

그리고 두 번째 예를 들자면 이성에게 사용하고 이성을 정말로 사랑하는 마음이다. 그때의 그 마음은 단지 그 사람만 알 수 있으며 절대로 이 사랑만큼은 깨지지 않고 꼭 잘 되었으면 하는 사랑일 것이다. 이성 사이에 사랑한다는 말은 이성에게 신뢰를 주고 더 깊은 의미를 전달한다. 이성간에 사랑에서는 그 말 안에 의미가 더 중요할 것이다. 대부분 우리나라의 노래는 서로가 사랑하다가 헤어지고 이별하는 그런 내용의 노래가 많아지고 있다. 그런 노래 안에는 여러 의미가 담겨져 있고 그때의 기억을 다시 생각하는 내용이 있다. 이성 사이에 사랑은 만약 서로가 사랑한다면 그것이야말로 진정한 사랑이라고 할 수 있다. 그리고 마지막으로 친구간의 사랑을 말할 수 있다. 친구간의 사랑을 보고 바로 우정이라고 말한다. 우정 또한 사랑이라는 단어에 큰 범위를 차지한다. 친구끼리 아무리 싸워도 다시 되돌아 올 수 있고 이해해 줄 수 있는 것은 그 친구를 내가 잘 알고 그 친구를 정말로 사랑하기 때문이다. 하지만 요즘 사랑이라는 단어는 큰 의미가 담기지 않고 단지 장난스럽게 사용되고 있다. 예를 들어 "내가 너를 사랑한다."라는 말을 해도 장난인 줄 알고 그냥 넘어가는 그런 현상이 나타난다. 또한 사랑을 기부, 봉사 등등 이러한 것을 보고 사랑이라 하기도 한다. 그렇지만 이것은 진정한 사랑이 아니다. 내가 정말로 마음에서 우러나서, 양심을 믿고 정말 당당할 수 있다면 그것은 사랑이라고 생각한다.

그리고 학생일 때의 사랑과 성인일 때의 사랑은 또 조금 다를 수 있다. 하지만 사랑이라는 정의는 절대 바뀌지 않았으면 좋겠다. 내가 정말 몹시 아끼고 귀중히 여기는 마음, 이 마음은 정말 돈을 주고도 살 수 없다. 물론 그 사랑으로 많이 힘들고 때로는 기쁘다. 그때의 내 사랑도 정말 소중하고 몹시 그 이성을 아끼는 마음이다. 나는 그 마음이 항상 바뀌기 힘들다. 물론 내가 아닌 다른 모든 사람들도 이성에 대한 사랑을 쉽게 포기하지 못하고 힘들지만 끝까지 해보려는 그 마음은 어쩔 수 없다. 그리고 사랑은 절대 한순간이 되어서는 안 된다. 꾸준히, 계속 좋아하고 아끼는 마음이야말로 사랑이다. 그리고 요즘 사회는 가족 사이에 사랑도 필요할 시기이다. 나의 꿈을 얘기하고 그럴 시기에 사춘기, 공부에 대한 스트레스로 가족끼리 싸운다면 절대 가족 사이에 사랑은 볼 수조차 없다. 그리고 나는 학교에서 친구간의 사랑, 즉 우정도 중요하다고 생각한다. 아마 고등학교를 와서는 가족보다 더 오래 지내고 얘기하는 사람이 바로 지금의 고등학교 친구들일 것이다. 그리고 나와 같은 시기, 비슷한 같은 경험을 해오면서 나에게 더 조언을 잘 해줄 사람이 바로 친구이기 때문이다. 무슨 고민이 있을 때 친구에게 얘기 해 풀면서 도움을 주는 그런 것이 바로 친구 사이의 우정, 사랑이다.

　이렇게 사랑은 다양하고 언제나 우리의 주변 어디든 다 있다. 우리가 지금 사랑을 하지 않으면 삶에서 무엇도 그 사랑을 대신 할 수 없을 것이다. 나를 사랑해도 좋다. 물론 정말 진심으로 말이다. 그것도 사랑이고 어떤 무엇도 아끼고 귀중히 여긴다면 당신만의 보물, 그것이 바로 사랑이 될 수 있다. 언제나 나를 보고 누가 나에게 비난을 하고 욕을 해도 난 나를 사랑하기에 극복할 수 있는 일이다. 그렇다면 진정한 사랑을 하는 것이다.

음악, 나를 노래하게 하다

음악이란 과연 나 자신에게 무엇인가?

나에게 있어서 음악은 세상에 없으면 안 될 것 중 하나다. 그 이유는 우리 삶에 있어 음악은 사람을 행복하게 때론 슬프게 또 신나게까지 해주는 그러한 존재이기 때문이다. 지금도 어디에서는 음악을 듣고 있는 사람이 있고, 음악을 배우기 위해 힘든 일까지 하고 있는 사람들이 있다.

내 주변에 음악의 종류는 다양하다.

나는 항상 아침 학교를 갈 때 혼자 가면서 노래를 듣고는 한다. 혼자만의 시간을 가질 수 있고 하루를 시작할 때 내 생각을 정리하고 기분 좋은 하루가 될 수 있는 그런 노래를 들으며 등교하면 하루를 활기차게 시작할 수 있다. 아니면 집에서 여러 악기를 다루면서 지내는 것 또한 나에게 있어서 아주 소중한 음악이다.

그렇다면 나만이 아니라, 다른 모든 사람들에게 음악이란 무엇일까?

사람마다 음악이 가지는 의미는 언제나 다를 것이다. 특히 가요는 장르에 따라 좋아하는 사람이 있고 싫어하는 사람이 있다.

그렇다면 음악, 우리가 지금 제대로 즐기고 있는 것인지 생각해 보게 된다.

나는 음악을 다양한 방면에서 즐긴다. 노래를 듣기도 하고 직접 악기를 독학해 보기도 하고 친구 중에 악기를 잘 다루는 친구가 공연하는 모습을 보러 다니면서 음악에 대해 한층 더 알아가게 되었다.

사실상 음악은 어떤 한 가지로 정할 수 없는 것이다. 노래도 오페라나 가요 등 많은 분류로 나뉘고 악기도 여러 전자기기로 그 외연이 확대되었다. 이처럼 다양한 음악을 우리는 즐기고 있다.

나는 나만의 음악세상을 가지고 있다. 그 음악세상은 누구도 이해하지 못하고 누구도 알 수 없는 그런 세상이다. 언제나 사람들은 말한다. "음악은 나의 인생에서 최고의 반환점이다."라고. "그때의 반환점이 과연 좋을지 나도 모르지만 나는 끝까지 갔다."라고 말이다. 나는 이 말이 옳다고 생각한다. 모두는 서로 다른 인생의 반환점을 가지고 그 반환점을 향해 달려갈 것이다. 물론 나도 나의 인생에서 반환점까지 달려가고 있고, 여기에 가장 큰 영향을 준 것이 바로 음악이다. 나에게 음악이란 바로 신이 나에게 준 마지막 선물이라고 생각하는 이유이다.

때로는 과연 어떤 이유로 음악은 이렇게 사람들에게 많은 감동을 주거나 즐거움을 줄까라는 생각을 해본다.

음악에는 대개 작곡가의 이야기가 들어가는 경우가 많다. 작곡가가 여러 상황과 이야기를 바탕으로 작곡을 한다. 그렇다면 그 노래는 정말로 누군가를 위한 노래가 될 수 있는 것이다. 그 노래의 주인공이 내가 될 수 있다. 그리고 그 이야기, 즉 그 가사가 나의 지금 처음 상황을 나타낸다면, 그 이야기의 끝맺음을 하는 것은 그 순간의 그 노래가사이다. 내가 제일 좋아하는 노래들의 가사들은 항상 슬픔과 이별, 또는 축복 등을 주제로 하는 노래가 많다. 이러한 노래 뿐더러 오페라나 여러 악기를 이용한 노래도 많다.

헨델은 "승부수를 띄워 새로운 흐름을 만들어라."라고 말했다. 그 말은 절대로 포기하지 말고 새로운 것을 계속 해보면 언젠가는 세상이 너에게 맞쳐져 있다는 의미이다. 헨델은 음악을 하면서 이렇게 생각을 하면서 작곡을 하고 다른 사람들 앞에서 이 마음을 가지고 있었기에 떳떳하게 작곡을 하면서 사람들에게 좋은 음악을 내놓은 것이라고 생각한다.

이렇게 음악은 우리에게 있어 많은 면에서 즐길 수 있고 감동할 수 있게 해준다.

음악은 인생이다.

목적을 알라

나에게 목적이란 단어는 언제나 중요하다. 항상 목적에는 그에 맞는 이유가 있고 그에 따라서 그 이유에 따라 목적을 달성하려 하기도 한다. 사람들이 나에게 "과업을 수행할 때 가장 중요하게 생각하는 목적은 무엇인가요?"라고 물으면 언제나 나는 시간과 경험, 돈이라고 말할 수 있다. 먼저 첫째로 시간은 모든 사람에게 똑같이 주어지고 그 시간을 얼마나 잘 사용하느냐에 따라 모든 것이 바뀔 수도 있다. 나는 이제 고등학생이 되고나서야 시간이라는 것이 얼마나 소중한지 알았다. 매일 학교를 갔다 오기만 해도 밤이 되어있고 그렇게 하루가 지나가고 그것이 일상이 되어버렸다. 하지만 그 시간을 안 좋게만 보는 것이 아니다. 그 시간에 공부를 조금 더 열심히 해서 좋은 대학, 좋은 직장, 좋은 사람이 되어 있기를 바랄 뿐이다. 하지만 그 시간마저 그냥 빈둥빈둥 보내게 된다면 나는 결코 내 목적도 이루지 못하고 그렇게 실패하고 그렇게 살아가게 되는 것이다.

만약 하루가 24시간이 아닌 더 많거나 더 적다면 우리의 삶은 한층 달라져 있을 것이다. 만약 시간이 짧아진다면 시간을 더 유용하게 쓰거나 아님 어떤 사람들은 하루하루가 바쁘고 급하게 살아 갈 것이다. 또 시간이 길어진다면 그만큼 여유 있고 편하게 살 수 있을 것이다. 하지만 그만큼 지루하고 혼자 보내야 하는 시간이 많을 수도 있다. 시간이란 것이 사람에게는 많다고 해서 좋은 것도 아니고 적다고 해서 그리 좋은 것도 아니다. 하지만 정해진 양을 갖고 있다면 그만큼 잘 유용하게 써야 한다.

　내가 추구하는 것 중 돈도 마찬가지이다. 돈이라는 것은 많을수록 좋다. 많으면 풍요롭게 살 수 있고 내가 원하는 것을 무엇이든 할 수 있는 능력도 있다. 하지만 그 능력에는 단점이 있다. 그만큼 욕심이 많아지고 욕구충족을 위한 것들을 너무 당연시한다. 정말 돈이 많다는 것이 돈만 많은 사람이 좋은 사람이 아니다. 그만큼 그런 욕심과 욕구를 제어할 수 있고 그만큼 나 자신을 많이 아는 사람이 진정 돈이 많이 있으며 정말 대단하고 좋은 사람이라고 할 수 있다. 돈도 그만큼 목적이 중요하고 그만큼 관리를 잘 해야 한다.

　마지막으로는 나는 경험을 정말 중요하게 생각한다. 도대체 왜 경험을 중요하게 생각하는지 다들 물어보는데 나는 모든 것을 한번쯤은 해 보는 게 좋다고 생각한다. 아무리 힘든 일이 될지라도 경험이라는 것은 정말 중요하다. 만약 경험이 적다면 어떤 일이 닥쳐졌을 때 해결할 방법이 제한되어 있고 또 모르는 것이 많을 것이다. 예를 들자면 다른 사람들이 못해본 것들을 많이 해보고 그렇게 된다면 다른 사람들보다 조금 더 다양하게 더 나은 생활을 할 수 있다. 그런 경험을 혹시 정말 해보지 못한다면 그것에 대한 책이나 혹은 글을 보고 간접으로 경험을 하는 것도 좋다. 정말 인생에서 하나도 안 해본 게 없이 죽는다는 것은 거짓말일 것이다. 단지 그러기 싫을 뿐.

　우리는 말 그대로 사람이다. 사람이 살아가는 데에는 이유가 다양하다. 하지만 정말 이유가 없는 사람들도 있다. 그 말은 즉 목적이 없다는 것이다. 하지만 나에게 있어서 목적이 없이 산다는 것은 말도 안 된다. 목적은 항상 바뀔 수는 있지만 그 목적이 없다는 것은 없다. 누구를 위해 사는 게 아니라 나를 위해 사는 이유다. 그래서 목적이 있는 것이고 그래서 사람이 있다. 언제나 이유나 목적에는 '그래서?' 라는 말이 붙는다. 한편으로 보면 당연하다는 말을 하고 싶은 것이다.

사람들은……

우리는 누군가에게 홀리거나 빠질 때 그 사람에게 자신의 모든 것을 투자할 때가 많다. 그때는 일시적인 호감이나 상대방의 매력이 아닌 그 사람을 위해 스스로가 모든 것을 다 쏟아부어버리는 것 같다. 그 쏟음만큼은 절대 아깝지 않고 정말 단지 좋아하는 그 마음 하나로 그 사람에게 결국 다 쏟는다. 그만큼 사람들은 모든 것에 노력하고 서로를 위해 최선을 다한다.

그러니까 증명이 없는 인연이라는 것이 없다는 것이다. 증명 없는 사랑이라는 것은 정말 어떻게 보면 끔찍할 수도 아님 정말 때로는 편할 수도 있는 것이다. 하지만 이때의 증명은 일종에 약속이다. 그럴수록 사람 사이에서 중요한 것이 있다. 그것이 바로 관계이다. 사람들은 사람의 관계에 노력이 필요하다. 물론 이 말이 정말 흔하고 평범한, 또 당연한 이야기일지 몰라도 그것이 지켜지지 않고 있다는 것은 없는 것이나 마찬가지이다. 우리가 각자 스스로를 위해 시간을 많이 사용하고 있지만 그 바쁘게 달리고 있는 지금의 사회에서 그 평범한 노력조차 하지 않고 있다는 것이 안타깝다.

특히 요즘 사람들은 책임감과 성취감에 너무 빠져 있어 문제가 된다. 그때는 나 자신에서 더 멀어지고 오히려 남에게 잘 보이려는 그런 겉보기 모습을 위해 사는 것이다. 그렇다고 우리가 이래서 저래서 문제가 되는 것은 아니다. 이럴수록 사람들은 자기만의 느낌을 살리는 것이 좋다. 책임감, 성취감보다 자기의 개성을 다른 사람에게 나타내고 인정받아라. 그렇다면 그것이 책임감, 성취감이 아니라 당연히 나만의 개성, 색깔이 되어 있을 것이다. 그때는 다른 사람들과의 관계에서도 사람들도 그것이 잘난 척이 아닌 그 사람의 느낌으로 볼 것이다.

지금까지 달려온 우리의 하루하루를 되돌아보면 정말 자유로운 시간조차 없고 언제나 사람을 만나고 있고 하지만 그 사람들은 나에게 그렇게 큰 존재가 아니다. 물론 큰 존재의 사람들이 있다. 그러나 그 큰 사람에게만 모든 것을 쏟고 있다. 이제 그것을 바꾸자. 지금까지 함께해 온 내 손을 보면 상처투성이다. 그 손은 정말 많은 것들을 거쳐 왔다. 하지만 그 손은 절대 바꿀 수 없다. 그럼 바꿀 생각을 접고 개선할 생각을 해야 한다. 사람관계도 마찬가지이다. 그 사람이 싫다고 그 사람을 버리고 다른 사람을 새로 만나는 것이 아니라 그 사람과 끝까지 함께 한다는 생각으로 개선해라, 고쳐라, 노력해라. 그렇다면 그땐 나만 달라져 있는 것이 아니라 그 사람마저도 나를 위해서 개선하고 고칠 것이다. 어떻게 보면 정말 힘든 삶을 살아왔다고 할 수 있다. 그런데 노력, 시도를 해보자. 언젠가는 그 성공이 돌아올 것이다.

지금 우리가 사는 세상은 전과 겉모습만 달라졌을 뿐 사람이라는 것은 전혀 변하지 않았다. 그러니까 전혀 없어지지 않는 이세상의 사람에게는 언제나 서로 좋게 행복하게 이 세상을 살아야 한다. 사람은 곧 세상을 이끌어 나가고 더불어 살아가는 공간이다. 사람에게서 죽는다는 게 한 번쯤은 우리의 삶에서 사람 곁을 떠나는 것이 아니라 단지 한번쯤 쉬어가는 것 같다. 죽는 것이 두려운 이유는 내가 이 세상에서 존재하지 않아서 그러는 것이 아니라 결국 사람들에 기억 속에서 사라지는 것이 무섭고 싫고 두려운 것이다.

우리는 그래서 '사람' 이라는 동물로 살아있는 것이다. 상대의 감정을 알고 상대를 위해 배려할 줄 알고 상황을 알고 그 상황에 맞춰 그 조건에 맞춰 살아가며 그렇게 살기에 우리는 '사람'이라는 일종에 칭호를 얻게 된 것이다. 그렇다고 다른 동물들이 그렇지 않다는 것은 아니다. 단지 사람은 살아가는 생명체 중에서 가장 자기의 몸을 자유자제로 움직이며 똑똑한 그런 동물이라 사람일 수 있는 것이다. 그렇게 살아가고 서로를 이해하며 지금 이 세상에 단 한명의 '나'라는 생명체가 삶을 살아가고 있다. 그 소중한 그 시간. 그 삶.

부모님

　태어나자마자 처음으로 보는 그 사람, 내가 사는 동안 지켜주시는, 나를 위해 힘써주시는…… 정말 부모님이라는 단어를 설명하려면 많은 말이 필요하다. 먼저 부모님이란 나를 낳아주시고 길러주시고 가르쳐주시고 세상을 잘 살 수 있게 해주시는 내 최고의 사람이다. 이 말은 언제나 떳떳하게 말할 수 있다.

　우리의 부모님에게도 부모님이 있고 정말 누구도 고맙지 않은 분이 없다. 우리는 태어날 때 처음으로 보는 사람은 바로 부모님이다. 그때부터 우리는 그 분들을 부모님이라고 부른다. 내가 어릴 때 어떻게 크면 좋을지 길을 정해주시고 언제나 도움을 주시고 돌봐주시고 정말 많은 것을 나 하나만을 위해서 해주신다. 그렇게 내가 조금 더 크면 스스로 무엇이든 할 수 있게 알려주시고 가르쳐주신다. 그리고 내가 학교를 들어가게 되면 친구들과 더욱 친해지고 하나의 사회공동체가 되는 것이므로 그것에 대해 문제가 생기면 해결하는 방법을 알려주시고 도와주신다. 그리고 이제 내가 혼자 다 할 수 있는 나이가 되면 마지막 도움을 주신다. 자신의 집을 꾸릴 수 있게. 물론 그렇다고 끝은 아니다.

우리에게는 부모님이 있다는 것이 얼마나 소중하고 고마운지 알아야 한다. 부모란 정말 단순한 뜻으로는 어머니와 아버지이다. 하지만 누구에게나 부모님은 언제나 나를 사랑해 주시고 도와주시는 그런 분일 것이다. 만약 당신에게 부모님이 아프다는 소식을 듣는다면 어떻게 할 것인가. 그 어느 누구도 바로 찾아가지 않는다는 사람은 없을 것이다. 아무리 사이가 좋지 않아졌더라도 나를 낳아주신 분 아닌가. 부모님은 세상에서 가장 소중한 존재이다.

우리는 태어날 때 처음의 어머니, 아버지의 모습을 알지 못한다. 하지만 크면서 같이 살아가면서 바뀌는 것을 안다. 정말 우리가 크고 나서는 정작 부모님께 무엇을 해드리는 것이 맞는지 모를 것이다. 그만큼 큰 은혜를 어떻게 갚아야 할지 모른다는 말이다. 부모님은 가장 소중한 사람이고 가장 아름답고 멋진 분이다.

살면서 부모님을 생각할 때가 종종 있다. 대부분 사람들은 부모님이 떠오를 때가 자기 자신도 부모가 되고나서와 정말 힘든 순간들이라고 말한다. 그럴 때는 정말 눈물도 나고 슬퍼할 것이다. 후회, 미안함, 죄책감 등 내 부모님처럼만 했으면 좋겠다는 생각으로 버틸 수도 있고 혹은 다시 다짐할 수 있는 계기가 되기도 한다. 부모님이란 하나의 기댈 수 있는 존재와 나를 혼을 내주시는 존재이다. 나는 부모님과 가끔 이런 얘기를 한다. '정말 당장 내일이라도 우리 가족이 마지막이라면 너는 무엇을 할래.' 그런 말에 대한 대답을 항상 피하기는 하지만 언젠가 닥칠 문제가 될 수도 있겠다는 생각을 한다. '정말 마지막이면 어떻게 하지'라는 심정은 부모님에게 조금 더 시간을 같이 보내고 조금 더 부모님을 소중하게 느끼게 해준다.

언제나 말한다. 안 되는데. 정말 얼마나 사랑해 주었는지 알 수 있다면 나도 부모님을 정말로 믿고 사랑할 텐데 그게 누구든지 잘 되지 않을 것이다. 정말로 사랑하는 부모님이라면 후회스럽게 만들지 말아야 한다. 우리는 이런 것을 느낄 수 있을 때가 대부분의 사람들은 자신이 자녀를 낳고 나서야 알게 되거나 정말 힘든 어느 한순간에 알게 된다. 그때 가서는 이런 말을 할 것 같다.

"힘드셨죠? 저 때문에 많이 고생하시고 우셨을 것 같아요. 저도 앞으로라도 효도하겠습니다."

정말 하루하루 나를 보시며 어쩔 때는 아쉬워하시고 안타까워하시고 때론 칭찬도 해주시고 도움도 주시고 같이 웃어주시며 항상 곁에 있어주시는, 그 소중하고 아주 감사한 분이 바로 나의 최고의 사람, 부모님일 것이다. 엄마에게, 아빠에게 한마디 해드리고 싶다.

"사랑합니다. 고맙습니다. 영원히 미안합니다."

행복

　우리 사람들에게 행복이란 과연 무엇일까? 행복이란 사람이 살아가면서 만족하고 기뻐하며 살아가는 것이다. 내가 생각하는 행복 또한 마찬가지이다. 행복하다는 것은 정말로 내가 원하는 대로 살면서 편안하게 지내는 것이 내가 생각하는 행복이다. 우리는 항상 행복에 굶주리고 또 행복한 삶만 추구하며 행복에 욕심을 갖는다. 행복하려면 정말 많은 것이 필요하다. 하지만 그 어떤 누군가도 그 모든 것을 갖추고 있지는 않다. 그만큼 누가 얼마나 긍정적으로 사는가와 얼마나 노력하면서 살았는지가 중요하다. 만약 먼 미래를 위해서 준비했다면 그만큼 편하고 행복하게 살 수 있겠지만 만약 그렇지 못한다면 그 안에서 행복을 찾아가는 것도 중요하다. 우리의 사회는 정말 행복이라는 것을 한편으로는 많이 찾을 수 있지만 또 다른 한편으로는 경제적이나 그런 문제 등으로 인해서 행복하기가 많이 어려워지고 있는 추세이다.

　만약 지금 우리가 행복을 찾거나 행복해지려면 어떻게 하는 것이 좋을까? 내가 생각할 때는 행복하려면 우선 시간이 많이 필요하다. 그만큼 여유가 가장 중요하다는 것이다. 사람에게 여유가 없다면 정말 이 세상에서는 행복이라는 것이 없을 것이다. 그 여유인 그 시간에 우리는 행복을 많이 느끼고 또 행복을 찾을 수 있는 기회가 더 생긴다. 나는 그래서 항상 그 여유를 갖기 위해 노력한다. 그리고 또 행복하기 위해서 할 수 있는 것이 있다. 바로 내가 가장 좋아하는 것이나 내가 정말 잘하는 직업, 업종을 찾자. 물론 이러한 것들을 찾을 때에도 여유가 있어야 찾는다. 왜 이것들이 중요한가. 그 이유는 바로 편하면서 재밌고 돈도 벌고 즐길 수 있다는 것이다. 그 안에는 분명히 행복이 있을 것이고 그 행복으로 행복하게 살 수 있을 것이다.

만약에 그럼에도 불구하고 행복을 찾지 못했다면, 그만큼 내가 여유가 없고 흥미에 대해 관심이 없는 것일지도 모른다. 그렇다면 너무 행복만을 바라보기보다는 다른 방법은 없을까? 정말 없다면 행복을 생각하기보다는 정말 먼저 내 삶에서 가장 중요한 것이 무엇인지 생각해 보는 것이 좋은 것 같다. 왜냐하면 내 머릿속에 언제나 있는 그 생각, 그 중요한 것들 때문에 오히려 여러 경험들을 해보지도 못하거나 행복을 찾을 수 있는 여러 다양한 것들 중에 몇 개에만 한정되어 살 것이다. 그리고 나는 항상 이렇게 생각한다. 내가 행복한 모습을 보여야지 나도 행복하면서 다른 사람들도 행복 할 것이다. 그렇게 우리는 행복에 익숙해지고 그렇게 된다면 행복이 아닌 이젠 더 편안함을 찾고 살 수 있다. 사람에게는 정말 필요한 것이 있다. 그중 하나가 행복이라고 나는 말할 수 있다. 우리 모두 행복해지자.

우리는 언제나 시작이 좋다.
긍정, 희망, 그 시작……

하지만, 그 뒤에서
실망하고, 운다.

그 시작은 언제나
웃음으로 시작했지만,

또 그 마지막은
이별과 슬픔으로 끝난다.

하지만 '사람'이라는 것은
언제나 나를 웃게 하고 행복하게 해주며,

심지어 힘든 것도,
같이 이겨내게 해준다.

"하아."

가 아닌

"하하."

하 자

철학적 사색하기

박현종

누구에게나 생각은 있다. 사색(思索). 창 밖에 날아다니는 새들에게도, 교실을 기어 다니는 거미에게도 생각은 있으리라 믿고 싶다. 그리고 누구에게나 동기부여라는 것이 있다. 어머니의 잔소리부터 선생님의 진학 상담, 심지어는 길을 가며 친구들과 나누는 대화에도 우리는 동기부여를 받고 있다. 나는 시간과 죽음이라는 철학적인 이야기를 바탕으로 하고 싶은 이야기, 좋아하는 것 등을 동기부여하는 내용으로 담아내고 싶다. 그리고 그것을 바탕으로 내가 하고 싶은 것과 좋아하는 것을 나누고 싶다. 진지하게……

인간은 꿈을 꾸기에 아름답다

내가 다룰 심오한 주제들 중 첫 번째는 바로 나의 꿈이다.

모두들 꿈이 있을 것이다. 꼭 판사, 검사 같은 직업이 아니더라도 200평짜리 집에 살기, 아내보다 먼저 죽기, 술, 담배 안하기 같은 것이라도 있을 것이다.

내가 이 글에서 말하는, 또 내가 평소에 생각하는 꿈이란 직업 같은 것이 아니라 자신이 꼭 이루고 싶었던 일들, 그리고 해보고 싶었던 일들이다. 사람들은 대부분 이를 목표라고 표현하지만 나는 꿈이 곧 목표이고 목표가 곧 꿈이라고 생각한다.

어쨌든 나의 꿈은 좀 복잡하고 여러 가지이다. 이 책을 넘길수록 나의 꿈을 다룬 글이 있을 것이다. 통일도 내가 이루고 싶은 꿈 중 하나이고, 독도 문제 그리고 위안부 문제 해결 또한 내 꿈의 일부이다.

이것들을 한 줄로 간추려보자면…… "교과서에 이름 남기기" 정도가 적절한 것 같다.

이건 내가 좋아하는 만화에 나온 이야기인데, 뭐 대충 간추려 말하자면 사람이 진짜 죽는 것은 사람들에게서 잊혀진다는 것이란다. 조금 오글거리지만 정말 와 닿는 말이다. 내가 죽었을 때 나를 기억해 주는 사람이 없다면 정말 섭섭할 것 같다. 그렇기 때문에 나는 많은 사람들이 내가 죽은 후에도 나를 기억해 주길 바라왔고 생각해낸 방법이 바로 교과서에 이름을 남긴다는 것이다.

교과서에 이름을 남기는 방법에는 여러 가지가 있다. 여러분 모두가 교과서를 본 적이 있을 것이기 때문에 알겠지만, 교과서에는 대통령, 큰 전쟁을 승리로 이끈 장군, 엄청난 발명품과 책을 만들어낸 학자 등 역사적인 인물들의 이름이 있고, 극단적으로는 흉악한 범죄를 저지르거나 역사에 기록될 만한 미친 짓을 한 사람의 이름도 있다. 하지만 나는 내가 이루고 싶었던 꿈을 이룬 내 자신이 교과서에 실리는 것이 더욱 자랑스럽게 느껴질 것이라고 생각한다. 그래서 나는 위에서도 언급한 통일, 독도, 위안부 문제 해결 등을 이룬 사람으로 교과서에 남고 싶다. 그리고 이를 성공시키기 위해 나는 외교관이 되고 싶다.

외교관이란 정말 신비한 직업 같다. 내가 생각하는 외교관이 되기 위한 자질은 언변과 남을 설득하는 능력, 국제 정치와 국제 법에 관한 지식, 빠른 판단, 예의, 친절, 배려, 설득력, 매력, 음악, 문학 등 예술적 면에서의 깊은 조예 등이다. 외교관에 관한 책을 읽어보면 그들이 얼마나 하루의 순간순간을 바쁘게, 효과적으로 보내는지 알 수 있다. 한 가지 예를 들어보자면 외교관은 식사 또한 일의 연장선으로 생각한다고 한다. 식사를 할 때에는 공적인 만남을 하는 것보다 서로의 마음속에 있는 대화를 하기에 더 편하다. 그렇기 때문에 외교관은 항상 식사를 할 때 업무에 관해 이야기할 것이 있거나 중요한 이야기를 해야 할 사람을 초대한다고 한다. 이처럼 외교관은 식사 시간마저도 일과 연관을 지으며 바쁘게 생활한다.

이것은 내가 김효은 외교관님께서 쓰신 『외교관은 국가대표 멀티플레이어』라는 책에서 본 내용인데 굉장히 인상적인 말이라서 이야기해 보고 싶다. 바로 '나무판 물통론'이다. 이름만 들었을 때에는 이게 뭐지 싶지만 이름에 감춰진 참 뜻을 알게 된다면 정말 멋있고 인상적이라는 생각을 하게 될 것이다. 미국의 서부 개척 시대를 배경으로 한 영화를 보면 나무판을 둥그렇게 이어 붙여서 만든 물통이 자주 등장한다. 나무판 여러 개가 모여서 물통이 만들어지는데 모든 나무판들은 여기저기서 주어다 이은 것이다. 그렇기 때문에 길이가 제각각이다. 자, 이제 이 나무판들을 이어서 동그란 물통을 만들고 그 물통에 물을 채운다고 생각해 보자. 물은 차겠지만 가장 짧은 나무판에서 멈추고 만다. 따라서 물을 많이 담을 수 있는 물통을 만들고 싶다면 모든 나무판의 길이를 늘려야 한다. 가장 짧은 나무판에서 물은 멈추니까. 이것이 바로 외교관이다. 외교관은 여러 가지 분야에서 능숙하고 깊은 지식을 갖고 있어야 하기 때문이다. 하나라도 짧은 나무판을 가진다면 많은 물을 담지 못한다. 항상 이것을 마음에 두고 나의 모든 나무판을 길게 만들 수 있도록 노력해야겠다.

"천재는 노력하는 사람을 이길 수 없고 노력하는 사람은 즐기는 사람을 이길 수 없다."

이것은 내가 좋아하는 말 중 하나이다. 우리 지구촌에, 또 우리나라에 천재는 많을 것이다. 그리고 외교관을 꿈꾸고 있는 천재들도 많을 것이다. 하지만 나는 천재가 아니다. 그저 평범한 고등학교의 평범한 학생이고 남들과 다른 점이 없다. 하지만 나는 모든 일을 긍정적으로 생각하고 항상 즐길 줄 아는 스펙터클한 사람이다. 모든 일을 즐기고 긍정적인 마음으로 임한다면 천재 그리고 노력하는 사람들 이상의 성과를 낼 수 있을 것이다. 꿈을 향해 항상 달리되 긍정적인 마인드와 웃음을 잃지 않고 가끔은 쉬어가며 꿈을 행복하게 이룬 사람이 되고 싶다.

나의 꿈에 대해서 조금 길게 이야기해 보았다. 누구에게나 꿈은 있을 것이다. 하지만 그 꿈을 용기 있게, 자신 있게 말하는 것을 부끄러워하는 사람도 굉장히 많은 것 같다. 이 세상 그 누구에게도 남의 꿈을 얕볼 자격은 없다. 또 어떤 꿈이든 하찮고 허무맹랑한 꿈은 없다. 인간은 꿈을 꾸기에 아름답다. 내가 꾸고 있는 꿈들 그리고 내가 갖고 있는 목표들을 자신 있게 외치고 또 남이 꾸고 있는 꿈들과 갖고 있는 목표들을 존중해 주고 멋있다고, 인상적이라고 칭찬해 줄 수 있는 사람이 되자.

1 + 1 = 1

　뉴스를 보다 보면 가끔 끔찍한 토막살인 사건을 듣게 된다. 듣기만 해도 잔인하고 야만적인 일이다. 하지만 우리와 가장 가깝고 우리를 보살펴 주는 이들 중에도 이러한 끔찍한 토막 살인을 당한 이가 있다. 바로 세계 유일의 분단 국가인 우리나라 '대한민국' 이다. 우리나라는 약 60년을 분단 국가로 지내며 한 민족이 통일되지 못하고 여러 가지 아픔을 겪고 있다. 이번 나의 주제는 통일이다.

　분단 국가의 단점에는 무엇이 있을까. 첫째, 현재 남한의 면적은 약 10만 Km^2인데 한반도 전체의 면적은 약 22만Km^2이다. 이를 통해 우리는 영토의 크기 면에서 큰 손실을 입고 있다는 것을 알 수 있다. 또 북한의 땅에는 잠재가치가 자그마치 2000조 원인 어마어마한 양의 지하자원이 매장되어 있다. 실제로 그중에는 현재 많은 국가에서 첨단산업의 비타민으로 주목받고 있는 희토류라는 자원이 있고 북한에 약 2억 2천만 톤 정도의 희토류가 매장되어 있다고 한다. 2010년 세계 희토류 소비량이 약 14만 톤 정도였다는 것에 비교해보았을 때 정말 어마어마한 양이라는 것을 알 수 있다. 둘째, 남북 분단으로 인해 가족과 함께 지내지 못하는 아픔을 겪고 있는 이산가족들이 굉장히 많다. 부모, 형제지간의 생사조차 확인할 수 없는 나라는 아마 우리나라가 유일할 것이다. 사랑하는 가족과 함께 행복하게 지낼 수 있게 해주는 것도 국가가 국민에게 해줘야 하는 당연한 일이라고 생각한다. 마지막으로 남북한 사이의 견제로 인한 국방비 지출이 굉장하다.

통일을 한다면 어떤 점이 좋을까. 위에서 언급한 단점들을 정반대로 생각하면 된다. 북한에 매장되어 있는 어마어마한 양의 자원과 우리나라의 기술을 합쳐서 더욱 큰 경제적 이익을 얻을 수 있고 국방비를 절약해 복지 등 다른 곳에 사용할 수 있다. 현재 사용되고 있는 국방비의 20퍼센트만 줄여도 연간 약 5조 원의 예산이 절약된다고 한다. 더하여 말하자면 산업적인 면에서도 더욱 성장할 수 있다. 북한과 연결된 육지를 이용해서 내륙과의 무역을 더 효과적으로 할 수 있고 좋은 지리적 위치 덕분에 동아시아의 물류 중심지가 될 수 있다. 또 스포츠 면에서도 더 우수한 성적을 거둘 수 있다. 남북한이 힘을 합쳐서 1991년에 열린 세계 탁구 선수권대회에서 중국을 누르고 우승을 했고, 또 1991년에 열린 세계청소년 축구대회에서 아르헨티나를 꺾고 8강에 진출했다. 1991년 세계 탁구 선수권대회 이야기는 영화 '코리아'를 통해 많이 알려진 내용이다. 휴전 이후 사람의 발자취가 끊긴 비무장지대는 생태계가 잘 보존되어 있기 때문에 그곳의 철조망이 허물어진다면 세계적인 생태 공원으로 거듭날 수 있다는 점과 북한 쪽에 있는 시베리아 횡단 열차를 통해 나의 로망 중 하나인 유럽 여행도 더욱 쉽게 할 수 있다는 점 또한 통일의 장점이다.

위에서 언급한 장점들은 굉장히 이상적이고 환상적이지만 통일을 한 후의 어려움도 무시할 수 없다. 한때 우리나라와 같은 분단 국가였던 독일은 어느 기자의 통일이 되었다는 허위 보도로 인해 어마어마한 양의 사람들이 서독과 동독 사이의 담벼락을 무너뜨리면서 통일이 되었다고 한다. 하지만 이것은 독일의 경우이고 우리나라는 얘기가 좀 다르다. 독일과 같은 갑작스러운 통일은 많은 경제적, 정치적, 문화적, 사회적 문제를 일으킨다. 그중 가장 뚜렷한 문제는 바로 경제적 문제이다. 현재 북한과 남한의 경제적 차이는 굉장히 심하다. 그러므로 통일이 되었을 때 재정적인 면에서 남한의 지원이 예상되고 그렇게 된다면 장기적인 경제적 침체를 겪게 될지도 모른다. 또 정치적인 면에서도 문제가 있다. 현재 남한과 북한은 정반대의 정치적인 성향을 띠고 있고 어떻게 통일 되느냐에 따라 그 결과가 달라진다. 북한이 남한에 일방적으로 흡수되는 것이라면 정치적으로 북한 지역에 대한 재개편이 필요할 것으로 보인다. 하지만 60년이라는 오랜 세월 동안 너무나 상반되는 정치 시스템이었기 때문에 어려움을 많이 겪게 될 것이라고 생각한다. 또 북한이 일방적으로 흡수되는 것이 아니라 서로 합의를 통해 통일을 하는 경우는 전혀 다른 정치적 성향을 하나로 합쳐야 하기 때문에 문제가 많을 것이라고 생각한다. 마지막으로 남북한 국민들의 소통에서의 문제를 이야기해 보겠다. 현재 독일의 통일에서도 보이듯 서독 사람들의 동독 사람들을 바라보는 시선이 좋지 않다. 이와 같이 남한 사람들의 북한 사람들을 향한 시선이 좋지 않을 확률도 높고 그 반대도 마찬가지이다.

이러한 문제 또한 해결하는 것이 중요한데 그것이 바로 내가 하고 싶은 일이다. 갑작스러운 통일보다는 준비 단계를 거친 단계적 통일이 현재 남북의 상황에 더욱 적절하다. 통일 후 남북이 겪을 경제적인 문제를 줄이기 위해 북한의 경제적 능력과 생활 의식을 올려주는 것이다. 미리미리 투자를 함으로써 다가올 고충을 완화하는 것이라고 생각할 수 있다. 얼마 전에 좋지 않은 소식을 가져왔지만 개성공단도 단계적 통일의 과정 중 하나라고 할 수 있다. 북한의 생활수준을 높여주고 기술적인 것도 가르쳐 주며 남한과 북한 사이의 다리를 짓는 것이다. 또 사라진 지 오래 되었지만 금강산 관광 또한 이에 해당한다.

국력은 여러 가지에 의해 좌우된다. 우리가 통일을 한다면 여러 가지 면에서 국력을 강화할 수 있고 강화된 국력은 곧 위안부 문제, 독도 영유권 문제 등의 해결로 이어질 것이다. 또 오래전 하나였던 우리의 한 민족이 분단된 상태로 지내는 것 또한 우리들의 선조에 대한 예의가 아니다. 하루 빨리 통일을 위한 초석을 마련하는 것이 시급하다. 60년간 반으로 나뉘어져 있는 우리 한반도의 아픔을 생각하며 이 글을 마무리하도록 하겠다.

더럽혀진 꽃

　국가가 강제로 당신에게 신체적인 폭력을 가했을 때 여러분의 기분은 어떠할까. 조금 더 우리에게 와 닿는, 약간 유치한 예시를 들어보자. 친구가 많은 이성들이 보는 앞에서 당신의 바지를 내린다면 기분이 어떠할까. 말로 표현할 수 없을 정도로 화가 나고 수치스러울 것이다. 하지만 우리나라에 이것보다 훨씬 더 심한 일을 당한 분들이 계신다. 바로 '위안부'이다. 요즘 시대처럼 여성의 인권이 존중받고 남녀평등이 외쳐지는 시대에는 정말 불가능하다고 생각될지도 모르지만 '위안부'는 제2차 세계대전 당시에 일본군의 성적 욕구를 해소하기 위한 목적으로 강제적인 성행위를 강요받은 여성들을 말한다. 오늘 나의 심오한 주제는 바로 위안부이다.

　우선, 일본군이 저질렀던 만행을 몇 가지 이야기해 보겠다. 일본군은 10대의 소녀에게 하루에 30명에서 50명을 상대하라고 했다. 또 "군인 100명을 상대할 수 있는 자는 누구인가?"라는 군인의 질문에 손을 들지 않은 여성을 다른 여성들의 본보기로 모두 그 자리에서 죽였다고 한다. 또 강제적인 성행위로 인해 임신된 소녀의 배를 갈라 자궁을 들어내었고 너무 힘들어서 더 이상은 못하겠다고 애원하는 소녀를 칼로 내리쳐 죽이기도 했다.

이 밖에도 차마 글에 담을 수 없을 정도의 끔찍한 일들을 일본군이 저질렀지만 여기까지만 봐도 일본군이 얼마나 야만적이고 잔인한지 우리는 알 수 있다.

개개인의 신체적 자유를 빼앗을 수 있는 권리는 이 세상 그 누구에게도 없다. 반성하지 않고 말로만 사과하는 것과 본인들이 저지른 잘못을 진심으로 반성하고 사죄하는 것은 다르다. 일본은 겉으로만 하는 사과를 하고 있고 진심을 담은 사죄는 하지 않고 있다. 일본의 국회위원이 위안부를 매춘부라고 표현하기도 했다. 이를 통해 일본이 전쟁 당시의 잘못을 반성하지 않고 있다는 것을 알고 있다.

반대로, 위안부의 피해자 할머니들의 입장에서 생각해 보자. 할머니들은 왜 일본군의 사죄를 원할까. 굉장히 당연한 것이지만 조금 더 피해자 할머니들의 입장에서 생각해 보자. 할머니들도 더 이상 과거로 돌아가 그 아픈 기억을 지울 수 없다는 것을 알고 계신다. 그 아픈 기억을 안은 채로 남아 있는 삶을 살고 그렇게 돌아가실 것을 알고 있다. 그래도 본인들에게 그렇게 글에 담을 수 없을 만큼 잔인하고 야만적인 짓을 저지른 그 장본인들에게 사죄를 받는다면 조금이나마 위로가 되지 않을까. 그렇기 때문에 우리는 일본에게 정식적인 사과와 보상을 받아야 한다.

이것은 내 개인적인 생각이지만 일본군이 저질렀던 만행은 단지 일본의 야만성만을 보여주는 것이 아니다. 전반적인 인간의 모습을 보여주고 있다. 우리나라를 비롯한 세계의 여러 나라에 성매매가 많이 일어나고 있고 성폭행도 적지 않다. 또 많은 국가에서 전쟁 때 위안부와 비슷한 성노예를 만든다고 한다. 위안부 사건은 정말 안타깝고 비극적인 일이다. 그 사건을 본보기 삼아서 우리 모두가 반성하고 다시는 그런 일로 피해 받는 사람들이 없도록 노력해야 한다.

위안부 사건만이 원인은 아니지만 이로 인해 대한민국과 일본의 사이는 가까워지지 못 하고 있다. 세계가 글로벌화되고 있는 만큼 지리적으로 가까운 일본과 대한민국의 외교적 관계는 세계의 무대에서 우리가 끼치는 영향력 문제에 있어서 중요하다. 그렇기 때문에 하루 빨리 위안부 문제를 해결해서 일본과의 외교적 관계도 좋아져야 한다고 생각한다.

그녀들이 순수하고 아름다운 10대를 그렇게 끔찍하고 더러운 곳에서 보낼 때 우리는 아무것도 해준 것이 없다. 지금도 그녀들을 위한 제대로 된 사죄나 보상을 받지도 못 했다. 우리가 모두 함께 받아야 할 아픔을 이겨낸 그녀들을 항상 다시 되새기고 그녀들이 남아 있는 여생을 마음 편하게 보낼 수 있도록 해주는 것이 우리가 뒤늦게라도 그녀들의 아픔을 덜 해줄 수 있는 방법이라고 생각한다.

우리 집, 독도

이 글을 읽는 사람들이 '독도'라는 단어를 들으면 어떤 생각을 할지 궁금하다. 독도 분쟁은 우리나라의 외교적 문제 중 가장 대표적인 것이라고 생각해도 무방할 정도이다. 또 내가 외교관이 되었을 때 해결하고 싶은 문제 중 하나이기도 하다. 독도 분쟁은 대한민국과 일본이 각각 영유권을 주장하여 생긴 영토 분쟁이다. 우리나라의 국민이라면 한번쯤은 독도 분쟁에 대해서 들어보고 생각해 본 적이 있을 것이다. 또한 거의 모든 사람들이 독도는 우리나라 땅이라고 당당히 외친다. 하지만 정작 독도가 우리 땅인 근거나 독도를 지켜야 하는 이유는 알지 못하는 사람들이 많다. 우리나라 국민 한 명 한 명의 독도에 대한 지식이 독도를 지킬 수 있는 가장 쉽고 중요한 것이다. 오늘 나의 심오한 주제는 독도이고 독도에 대해 무지한 사람들을 위해 몇 가지 이야기해 보겠다.

우선 독도가 우리나라 땅인 근거가 무엇이 있을까? 지리적 근거로 먼저 접근해 보자. 독도는 울릉도와의 거리는 고작 87.4km 밖에 되지 않아서 맑은 날에는 울릉도에서 독도를 볼 수 있다. 그래서 독도는 울릉도의 일부로 오래전부터 인식되어 왔다. 하지만 독도와 가장 가까운 일본의 섬(오키

섬)과의 거리는 157km나 된다. 이러한 점을 보았을 때 지리적으로 독도는 우리나라 땅임이 틀림없다. 일본이 섬 이름처럼 '오키'하고 인정했으면 좋겠다.

이번엔 역사적 근거를 살펴보자. 모두가 흔히 알고 있는 역사적 근거는 신라 지증왕 시대 때 우산국이라고 불렸던 독도와 울릉도가 신라에 병합되었다는 것이다. 중학교의 교과과정에도 나오기 때문에 쉽게 접할 수 있다. 또한 우리나라와 일본의 많은 고지도와 문헌들에 독도가 우리나라 땅이라고 표기되어 있다. 대표적인 것에는 '동국 문헌 비고' 등이 있다. 마지막으로 말할 것은 안용복 사건이다. 안용복은 독도에 살던 평범한 어부였다. 평소와 다를 것 없이 낚시를 하던 어느 날 안용복은 일본 어민들이 허락도 없이 독도 바다에 들어와 낚시를 하고 있는 것을 보았다. 정의감이 투철한 안용복이 일본 어민들에게 항의를 했다. 그러자 일본 어민들이 안용복을 일본으로 잡아 갔다. 일본에서 독도가 조선의 땅이라는 안용복의 강력한 주장에 일본 정부는 그를 돌려보낼 것을 명했고, 더 이상 독도와 울릉도에 일본인이 침략해선 안 된다는 외교 문서도 발급해 주었다. 일본이 독도의 영유권을 주장하는 것은 우리나라의 역사 뿐 아니라 자국의 역사까지도 부정하는 것이다. 여기까지가 독도가 우리나라 땅이라는 근거이다.

그렇다면 독도를 지켜야 하는 이유는 무엇일까. 우선 독도에는 미래의 대체 에너지로 주목받고 있는 '하이드레이트'라는 해저 자원이 약 6억 톤 가까이 매장되어 있다. 독도를 빼앗긴다면 그것은 곧 이 많은 양의 해저 자원도 빼앗긴다는 것이다. 더하여, 독도는 우리나라의 영해에까지 영향을 미친다. 우리나라의 영해가 줄어든다면 그곳에서 어업 활동을 포함한 여러 가지 생산적 활동을 하지 못하게 된다. 이렇게 경제적으로 큰 손실을 입게 된다. 하지만 모든 것을 다 떠나서 우리의 조상들이 힘들게 지키고 물려준 땅을 소중히 지키고 후대에 물려주는 것이 우리들이 어쩌면 당연히 해야 할 일이 아닐까.

　일본은 독도만 손에 넣으려고 계획한 것이 아니다. 독도를 시작으로 울릉도, 나중에는 한반도 전체를 본인들의 영토라고 우기며 가져갈 계획이었다. 우리나라 국민들이 하루빨리 독도에 대한 지식을 얻고 또 독도를 지키기 위한 사소한 것들, 예를 들자면 우리 학교에서 했던 독도 플래쉬 몹이나, 독도 포스터 그리기 등을 하며 독도를 향한 관심을 끊임없이 표출하는 것이 중요하다. 이런 식으로 계속 독도는 당연히 우리 땅이라는 생각을 갖고 있는다면 언젠가는 독도를 일본에게 빼앗기고 최악의 경우에는 우리 한반도도 빼앗길지도 모른다.

　"역사를 잊은 민족에게 미래는 없다." 라는 말이 있다. 과거 식민지 지배라는 뼈아픈 역사를 가졌기 때문에 위의 말을 더 깊이 새기고 있어야 한다. 우리의 영토를 빼앗기는 굉장히 어이없는 상황이 두 번 다시는 발생되지 않도록 해야 한다. 우리 모두의 독도를 향한 관심과 배움이 필요하다.

크레파스

각기 다른 색을 가진 크레파스, 크레파스와 요즘 우리가 사는 세상과의 공통점은 무엇일까. 요즘 세상은 흔히 '글로벌 시대'라는 명칭을 갖고 있다. 크레파스처럼 다양한 색깔의 인종들이 대한민국이라는 자그마한 나라에 옹기종기 모여 있다. 현재 우리나라에 체류 중인 외국인은 약 120만 명 정도로 상당한 수이다. 또한 많은 예능 프로그램에도 외국인들이 출연하면서 우리나라는 점점 더 글로벌화되고 있다. 하지만 아직도 우리나라는 다문화 가정에 대한 인식 그리 좋지 않다. 어렸을 때를 생각해 보자. 더 많은 색을 가진 크레파스일수록 더 비싸고 친구들의 부러움을 한 몸에 받았다. 그런데 우리가 살고 있는 세상은 어떠한가. 하나의 색만을 선호하며 다른 색은 받아들이려고 하지 않고 있다. 즉, 다문화 가정에 대해 좋지 않은 시선으로 보고 있다. 그렇다! 오늘 나의 심오한 주제는 다문화이다.

다문화 가정의 학생이 우리나라에 거주하면서 겪고 있는 문제점은 많이 있다. 첫째는 언어능력의 부족으로 인한 학업 부진이다. 다문화 가정 학생들은 국어, 사회, 역사와 같은 과목에서 가장 큰 어려움을 겪고 있는데, 이 3과목이 한글과 한국 사회 및 문화에 밀접한 관련이 있다는 점에서 그 이유를 미루어 짐작해 볼 수 있다. 더하여 말하자면, 다문화 가정 학생들은 해외에서 이주해 오거나 어렸을 때부터 한국어가 서툰 부모님께 자랐으니 한국어를 비롯한 한국 문화 및 사회 학습에 부진할 수밖에 없다. 이러한 학업 부진은 학습 소외와 자신감 저하로 이어진다는 점에서 문제가 심각하다. 둘째는 집단 따돌림으로 인한 정서적 충격이다. 위에서 언급했던 바와 같이 다문화 가정에 대한 시선이 좋지 않고 그것이 집단 따돌림으로 이어지는 것이다. 실제로 그 집단 따돌림의 이유로는 '의사소통이 잘 되지 않아서', '엄마가 외국인이기 때문에', '태도와 행동이 달라서', '외모가 달라서' 등 본인의 의사와는 전혀 무관한 것들이다.

실제로 내가 중학생 때 같은 반에 아버지께서 인도네시아 분인 다문화 가정 친구가 있었다. 다른 학급 친구들은 다문화 가정 친구를 조금 불편해 했다. 하지만 나를 포함한 몇 명의 친구들이 그 친구에게 다가갔고 축구 경기 등 반 단체 활동에도 참여할 수 있도록 했다. 그러는 과정에서 우리는 그 다문화 가정 친구와 더 가까워질 수 있었고 그 친구가 인도네시아의 문화를 알려주기도 했다. 인도네시아에서는 식사를 할 때 손을 직접 사용한다는 것과 왼손으로 사람을 가리키거나 물건을 건네주는 것은 좋지 않은 행동이라는 것도 그 친구를 통해 알게 되었다. 이렇듯 다문화 가정에 대한 편견은 친해지면 정말 유익하고 재미있는 친구를 안 좋은 친구로 몰아간다.

부가 설명이 길어졌지만 이러한 이유 때문에 다문화 가정 학생들을 위한 교육적 지원이 필요하다. 위에서 말했듯이 다문화 학생들은 교과 학습에 많이 부진한 모습을 보이고 그것은 곧 학습 소외와 자신감 저하의 문제로 이어진다. 하지만 더 나아가 그들이 자라서 성인이 되었을 때 사회적 지위의 격차로 인해 소외 계층을 형성할 가능성이 높다. 사회적 소외 계층은 우리나라의 경제적, 사회적 성장을 비롯한 많은 발전에 악영향을 미친다. 그렇기 때문에 다문화 가정의 학생들에게 교육적으로 지원을 해서 그들 또한 우리와 다를 것 없이 살아갈 수 있도록 해주어야 한다.

　외국 여행은 정말 많은 사람들이 좋아하고 희망하는 것 중 하나일 것이다. 외국에서 거주하며 학교에 다니고 친구들을 사귀는 것 또한 마찬가지이다. 하지만 우리나라 내에서 외국인들을 존중해 주지 않고 무시하고 다른 시선으로 바라본다면 우리나라 국민들의 외국에서의 처지도 똑같아질 것이다. 뿌린 만큼 거둔다는 말이 있다. 외국인의 입장에서, 다문화 가정 학생의 입장에서 생각해 보고 그들에게 차별 없는 시선과 따뜻한 마음으로 대해 줘야 한다.

　위에서 계속 언급했듯이 지금은 글로벌 사회이고 앞으로 다양한 국가의 문화가 우리나라에 자리 잡을 것이다. 그렇기 때문에 다문화에 대한 인식 개선이 필수불가결하고 그들이 사회적으로 소외되지 않도록 교육적, 사회적으로 지원해 주는 것이 우리가 그들에게 해줘야 하는 최소한의 일이라고 생각한다. 나는 우리나라가 다양한 색을 가진 비싸고 고급스러운 크레파스로 또 그 크레파스들을 아껴 쓰고 소중히 생각하는 그런 나라가 되었으면 좋겠다.

왕벌

이번에 내가 다룰 심오한 나의 주제는 바로 시간이다.

첫 줄부터 뭔가 심오한 냄새가 날 것이다. 시간은 나에게 정말 여러 가지 생각이 들게 한다. 나를 포함한 많은 사람들이 하루에 허비하는 시간은 얼마나 될까.

스마트폰, 노트북 같은 최첨단 기술이 발전하면서 몇 시간 동안 스마트폰 속 세상을 들여다보거나 컴퓨터 게임을 지나치게 많이 하는 등 사람들이 허비하는 시간이 많이 늘어난 것 같다. 반대로 공부를 하거나 주변 사람들과 의미 있는 대화를 하는 시간은 많이 줄어들었다.

우리나라 사람들이 가장 많이 하는 말 중 이런 말이 있다.

"시간은 돈으로 살 수 없다."

과연 우리들은 돈으로 살 수 없을 만큼의 의미를 가진 시간을 살았나 싶다. 지금부터 시간에 관한 나의 심오한 이야기를 해보도록 하겠다.

조금 막연한 이야기지만 나는 철이 없다. 노는 것을 굉장히 좋아하고 하기 싫은 것은 하지 않고 과자와 만화를 좋아하는 초등학생 같은 사람이다. 그래서인지 나는 몇 개월 전까지만 해도 하루에 허비하는 시간이 굉장히 많았다. 만화 영화도 많이 보고 게임도 많이 했었다. 잠도 엄청 많아서 주말에는 11시 정도에 기상하는 것이 기본이었고 무지 게을러서 무슨 일이던 미루고 미뤄서 마감일이 다가왔을 때 하곤 했다.

어느 날, 문득 '죽으면 나는 어떻게 될까? 정말 지옥이 있을까?' 라는 정말 나 같은, 어린 생각을 했다. 나는 아직 하고 싶은 것이 많았다. 뉴요커가 되고 싶던 나는 제대로 된 여행도 가본 적도 없고 자상한 아빠가 되고 싶던 나는 결혼도 못해봤다. 또 좋은 성적을 받아 부모님을 기쁘게 해드린 적도 없고 남들의 부러움을 살만한 것도 해보지 않았고 내가 좋아하는 젤리의 종류 중 반도 못 먹어봤다.

나는 무언가 깨달음을 얻었다.

물론 철이 든 것은 아니다. 나는 아직 노는 것을 굉장히 좋아하고 하기 싫은 것은 하지 않고 과자와 만화를 좋아하는 초등학생 같은 사람이다. 하지만 나는 좀 더 의미 있는 삶을 살고 싶어졌다.

그때부터 나는 일기를 쓰기 시작했다. 초등학생 때 숙제로 내야 해서 억지로 꾸역꾸역 쓰는 일기와는 다르게 심오하게 진지하게 체계적으로 썼다. 또 취미 활동을 즐기는 시간도 늘렸다. 예를 들자면 기타 노래 일주일에 2곡 이상 치기, 규칙적으로 친구들과 축구하기 등 계획적으로 했다.

이렇게 사니 정말 재밌다. 무슨 일을 하던 뿌듯하고 자랑스럽고 내 자신이 기특해서 쓰다듬어 주고 싶다. 지금 이 글을 쓰는 순간에도 내 자신이 너무 예쁘다.

또 부모님께 용돈을 받을 때도 자랑스럽게 말할 수 있게 되었다.

지금까지 지극히 아무것도 아닌, 그냥 많고 많은 평범한 고등학생 중 한 사람인 나의 이야기를 조금 심오하게 해보았다. 나만 그렇게 생각하는 것일지도 모르지만…… "열심히 사는 것은 내 인생에 대한 예의입니다." 라는 말이 있다.

우리 담임선생님께서 항상 우리에게 해주시는 말이고 내가 굉장히 좋아하는 말이다. 동방예의지국인 대한민국에서 내 인생에게 예의 있게 행동하는 것은 당연한 것이다.

우리 모두 다 같이 시간을 아끼고 더 나은 우리가 되기 위해 벌처럼 바쁘게 의미 있게 살자.

학업만이 중요한가

　스트레스는 만병의 근원이라는 말이 있다. 스트레스는 심리적, 신체적으로 긴장한 상태를 말하고 장기적으로 지속되면 심장병, 위궤양, 고혈압 등의 신체적 질환을 일으키기도 하고, 불면증, 신경증. 우울증 등 심리적 질환도 일으킬 수 있다. 사람이 사회생활을 시작하면서부터 스트레스는 사람들의 꼬리를 물고 따라다닌다. 직장생활, 학교생활을 하면서 스트레스는 받지 않으려 해도 안 받을 수 없다. 특히 우리나라의 중 · 고등학생들은 아침 일찍부터 저녁, 심지어는 늦은 밤까지 친구들과 함께 지내야 하기 때문에 친구들과의 관계로 인해 받는 스트레스도 적지 않다. 하지만 나는 청소년들은 무엇보다 학업으로 인한 스트레스를 가장 많이 받는다고 생각한다. 이번 나의 주제는 스트레스에 관한 것이라고 생각될지 모르지만 바로 '학업만이 학창시절에 중요한가.' 이다.

　어른들은 항상 행복한 인생을 위해 놀지 말고 죽어라 공부하라고 말씀하신다. 많은 학생들이 부모님 또는 학원, 학교 선생님께 귀에 못이 박히도록 들은 말일 것이다. 나 역시도 그런 말을 굉장히 많이 들었다. 하지만 나는 이런 생각을 했다. 어른들은 마치 청소년기의 삶은 우리의 진짜 인생이 아닌 것처럼 말씀하신다고. 물론 학창시절에 공부를 열심히 해서 좋고 안정적인 직업을 갖는 것은 굉장히 중요하다. 또 학창시절은 인생에서 짧기 때문에 그 시간을 희생하라는 것도 틀린 이야기는 아니다. 하지만 학교를 졸업하고 직장생활을 할 때는 느낄 수 없는 것들이 많다. 이 밖에도 많지만 아침을 거르고 학교에 와서 친구들과 매점에 가서 빵을 먹는 그 기분, 새 학기가 시작되는, 새 학년이 시작되는 그 기분 모두 학교생활을 할 때만 느낄 수 있다.

한 가지 더 말하자면 사회생활의 시작이라고 할 수 있는 학교는 학생들에게 다양한 모습으로 보일 수 있다. 누구에게는 친구들과 즐겁게 노는 공간, 누구에게는 학업으로 인한 스트레스를 주는 모기 같은 공간, 누구에게는 또래 아이들의 돈을 뺏어 갈 수 있는 은행 같은 공간, 또 누구에게는 끊임없는 폭력과 왕따에 시달리게 하는 지옥 같은 공간일 것이다. 학업으로 인한 스트레스로 자살을 하는 학생의 안타까운 사례, 또 학교에서 왕따를 당해서 자살을 하는 학생들의 가슴 아픈 사례도 몇 번 보거나 들은 적이 있을 것이다. 그래도 이것은 몇 안 되는 사례이고 많은 학생들이 학업의 스트레스와 왕따의 스트레스를 참고 참으며 학교생활을 마무리한다. 과연 그런 학생들이 학교를 졸업하고 사회생활을 정상적으로 할 수 있을까 싶다. 물론 잘 적응하고 생활해가는 사람도 있겠지만 대인 관계에 있어서 문제점을 겪을 수 있고 또 사회적으로 적응하지 못할 수도 있다.

말을 길게 했지만 내가 전달하고 싶은 것은 한 가지이다. 학업이 전부가 아니라는 것이다. 위에서도 말했듯이 학창시절에만 겪을 수 있는 일들이 굉장히 많다. 그러므로 학업에도 어느 정도 열중할 뿐 아니라 학교생활의 순간순간을 즐기며 친구들과 잊지 못할 추억을 쌓는 것도 중요하다. 또 사회생활의 시작이라고 할 수 있는 학교에서 대인관계를 완만하게 유지하고 관리하는 법, 공동체 사회에서 효과적으로 생활하는 법 등 사회적인 소양도 기르는 것이 좋다.

인터넷 서핑을 하다 보면 이런 말을 본 적이 있을 것이다. "저는 가수가 노래를 못한다고 욕하지 않습니다. 저는 학생인데 공부를 못하기 때문이죠." 나도 뉴스 기사나 SNS 댓글에서 이런 말을 많이 봤고 보고 많이 웃었지만 옳지 않은 말이라고 생각한다. 내가 생각하는 학생은 학업뿐만 아니라 인생을 사는 법을 배우는 사람이다. 학업에만 열중하는 것이 아니라 인생을 사는 법을 배우는 학생이 되고 싶고 대한민국의 많은 학생들도 그랬으면 좋겠다.

짜증을 습관화시키면 짜증낼 일만이 생길 것이다.

무심함이 습관이 되면 모든 것에 무심해질 것이다.

그렇듯, 웃는 걸 습관화 시키면 웃을 일만이 생길 것이다.

일곱 빛깔의 인문학 이야기를 마치며

대한민국의 고등학생들은 학업에서 얼마나 자유로울까? 사실 우리 아이들도 시험 기간만 되면 공부를 해야 한다는 압박감에 열심히 교과서와 문제집을 샅샅이 훑으며 공부했다. 그런데 문득 이런 생각이 들었다. 지금 우리가 공부하는 교과서의 내용들이 모두 인문학 이야기가 아닐까? 기본적으로 알고 있어야 하는 상식적인 이야기들이나 우리가 생각하는 진로 관련 이야기, 우리가 몰랐던 새로운 지식들이 모두 인문학이 되지 않을까 하는 생각. 그렇게 생각되는 더 큰 이유는 교과서의 내용을 이해하기 쉽도록 설명하는 과정에서 들려주는 이러저러한 이야기들이 인문학적 요소가 될 수 있겠다는 발상 때문이었다. 2학기 1차 시험이 끝나고 아이들과 모였을 때, 그 점에 대해서 이야기를 나눈 적이 있었다. 아직까지 인문학이 무엇인지 정확하게는 알 수 없지만 우리가 배우는 수업의 내용이나 수업 시간에 듣는 재미있는 이야기들이 인문학적인 것이냐 아니냐에 대해 서로의 생각이 비슷하다는 점을 확인하였다. 다들 학교 수업에 인문학적인 요소가 많다는 점에 동의하였다.

그래서 우리는 수업시간을 활용하여 인문학적인 이야기를 더욱 풍부하게 만들어보자고 하였다. 문학 시간이나 한국사 시간, 사회문화 시간, 과학 시간에 듣는 이야기들을 모아보기로 하였다. 생각보다 많은 이야기들이 있었다. 우리는 각 과목 시간에 들은 이야기만 모아도 좋은 소재가 될 수 있겠다는 생각이 들어 이번 겨울 동안에 다시 정리해 보기로 하였다. 다만 우리의 글 솜씨와 이야기를 풀어나가는 능력이 문제이기는 했지만 도전해 볼 만하다고 다들 생각했다.

그에 앞서 우리는 책의 제목을 무엇이라 정하면 좋을지 각자의 의견을 내놓았다. 처음에는 '진로 달리기'로 정하였다. 이유는 각자의 관심사가 자신의 진로라고 생각했기 때문이었다. 하지만 시간이 지날수록 어색하다는 생각을 지울 수 없었다. 각자의 진로에 관한 특색을 잡기에도 여러 모로 어색한 부분이 있기 때문이었다. 그래서 처음 의도했던 인문학으로 가자고 했다. '인문학과 함께하는 진로 찾기'로 의견을 모았다. 파주출판도시나 인근 도서관에서 많은 지식과 볼거리를 누볐던 경험을 떠올린 탓이기도 했다. 영화를 감상하거나 박물관에 가거나, 문학관을 찾아가고, 작가의 강연을 들으면서 우리의 진로를 고민했던 경험을 떠올린 탓도 있었다. 무엇보다도 우리의 처음 의도와 맞아떨어졌기 때문이었다. 하지만 그것도 부족하다는 생각이 들었다. 인문학에 초점을 맞추고 우리의 글을 들여다볼 때 어울리지 않는다는 생각이 들었기 때문이었다. 아이들 각자의 이야기를 하고 있지만 한데로 묶이는 공통점이 있다는 점에 착안하여 어떤 학생이 무지개가 떠오른다고 말했다. 다른 빛깔을 띠고 있으나 한데 어우러진 모습……. 거기에 우리는 미래에 대한 긍정적 메시지를 담은, 좋은 점괘의 포춘 쿠키라고 이름 짓기로 하였다. 아이들은 그 의견에 누구 하나 토를 달지 않았다. 생각이 통했다고밖에는 설명할 길이 없었다. 그 점이 바로 우리 동아리의 가장 큰 장점이 아닐까?

아이들은 이 글을 편집하고 또 편집했다. 교육청과 출판사의 도움으로 책이 나온 후에 학교 선배들과 후배들, 다른 지역의 다른 학교 친구들이 우리 아이들의 글을 읽으면서 많은 생각을 할 수 있기를 바랄 뿐이라는 마음을 가득 담아서였다. 이 글을 읽는 누구든지 '대추마을 신통한 아이들'이 늘 함께 할 것이라는 기대로 글을 마무리짓고 싶다. 이 책을 낼 수 있게 도움을 주신 모든 분들께 다시 한 번 감사의 말씀을 드린다.

대추마을 新通한 인문학 동아리 지도교사 유영택